José Gsell

Vie de carton
La fable du déménageur

Éditions Torticolis et Frères

À présent, il se sentait complètement seul ; une pointe de panique pénétra son âme et s'y installa pour plusieurs années : « Et si ma vie n'était qu'une gigantesque erreur ? « C'est à cela qu'il réfléchit toute la nuit, assis dans le petit salon. À l'aube, il décida qu'il ne désirait pas fuir le monde, mais s'enfuir vers le monde…

Jim Harisson

1

Cela faisait treize heures que le déménagement du Grec avait commencé. Allez savoir s'il était grec, c'était le surnom que nous lui avions donné parce que son nom finissait en *os*. Sa femme avait quatre-vingts paires de chaussures inutilisées bien rangées dans des cartons individuels à la cave, lui, trois télévisions de réserve dans le grenier, dont un écran à tube qui devait peser cinquante-huit kilos, sinon tout était rempli de meubles relativement neufs, de mauvais goût, en bois aggloméré, chaque pièce de l'appartement semblait pleine au point de se demander comment le sol tenait. Comme ils n'avaient rien préparé, dans l'aube noire, nous étions repartis au quartier général, un entrepôt de brocante, pour aller chercher des cartons. Le désespoir avait commencé très tôt ce jour-là.

Le problème avec le Grec, c'est qu'il avait du mal à payer, c'était la troisième fois que nous le déménagions. Le fric, c'était une chose, il y en avait d'autres qui étaient foutrement emmerdantes, notamment sa paresse de gros lourdaud inutile à sa famille, à nous et probablement au reste du monde. Il ressemblait à un morceau de lard suspendu dans une pièce trop humide et destiné à la moisissure. Et encore, même un bout de viande pourrie servirait mieux, un chien en ferait son affaire.

Après avoir filé des ordres au début du boulot (notamment qu'il fallait installer la télévision en premier, ce que nous ne fîmes évidemment pas), il nous surveillait en regardant un match de football sur son smartphone, ses deux fesses grasses et paresseuses posées soit dans sa cuisine, soit dans son SUV japonais. Malgré toute la sueur que nous versions, malgré notre professionnalisme, ce blaireau n'éprouvait pas de reconnaissance envers nous, il ne serait probablement jamais satisfait de ses appartements et jamais il ne ferait l'effort de préparer des cartons.

C'était peut-être la faute du patron qui était prêt à tout pour avoir du boulot, j'en reparlerai plus tard. Quoi qu'il en soit, le Grec était aussi insupportable qu'un reste de poisson dans un fond de poubelle depuis trois jours.

Nous arrivions au dernier chargement de merde, de cette vie de merde que menaient le Grec, sa femme et leur pauvre fille de la trentaine. L'ambiance était si malsaine dans cette famille que nous soupçonnions l'inceste.

Les deux déménagements précédents de nos clients n'étaient pas encore payés. Nous, les employés avec notre sentiment de justice sociale, tout cela faisait que nous ne désirions pas pomper les maigres deniers du patron, nous avons donc séquestré la télévision. Cela suffit à mettre le Grec dans tous ses états, sueurs, rougeurs et tremblements, nervosité et bouche écumante, il avait la haine. Je jubilais intérieurement. C'était suffisamment clair, paiement direct, sinon pas de télévision. La négociation nous a fait perdre deux heures, jusqu'à ce que la fille, dépitée, aille retirer la somme due sur son propre compte. Cela nous peina tous. Mais nous pouvions enfin partir en direction de la bière promise. Ainsi se finit la journée d'un déménageur maudit aux tarifs modiques. Rendre un téléviseur et prendre sa place dans une camionnette enfumée en direction d'une maison miteuse où jamais personne n'avait eu les moyens d'un déménageur. Une brume bleutée surplombait la ville de Biu, si épaisse qu'on pouvait se demander si c'était juste du brouillard ou la fumée de ses usines.

Notre patron était tout à fait singulier. Il était un peu raciste, traitant toutes les personnes de couleur d'Indien du Gothard. Sa xénophobie n'excédait pas celle de nombreux autres petits patrons indépendants de bourgade suisse. Jamais il ne faisait de discrimination avec ses clients dans le travail. Lui passait ses journées, dimanche compris, à déménager des personnes plus misérables que lui. La plupart ne voulaient pas changer d'appartement, cela leur était imposé pour une raison ou une autre. Il va sans dire que leur contribution en termes de travail était squelettique.

Le patron ne supportait pas un jour sans travail par peur de retomber dans l'alcoolisme. Il avait huit enfants de sept femmes différentes et payait douze mille francs de pension mensuelle. Il habitait une caravane deux-pièces dans un camping et défendait le mode de vie suivant. « Tant que j'ai de l'essence dans mon camion pour aller bosser et que je peux me payer ma bouteille le soir... » Il était prêt à se taper toute la merde que les autres pros du déménagement ne touchaient pas. Les œuvres sociales de la ville étaient un de ses employeurs principaux. Par ailleurs, il prêtait la deuxième pièce de sa caravane à un vieux copain en faillite qui tournait au Prozac et passait ses journées à boire du Red-Bull en fumant des cigarettes tenues par de gros doigts mous.

Le loisir principal du patron était d'essayer de se taper toutes les clientes sans exception. Ce soir par exemple, il avait un rencard avec une cancéreuse en fin de vie de septante ans, il riait aux éclats en disant que s'il ne la baisait pas, personne ne s'en chargerait et qu'on ne pouvait pas faire ça à quelqu'un qui était sur le point de passer de l'autre côté. Le patron avait développé une forme d'humanisme d'un type nouveau.

Moi, j'étais content d'avoir du boulot. Avec lui ou d'autres, mais avec lui, il suffisait d'un coup de fil et hop, dans les trois jours suivants, il y avait à faire et un sou à gagner. Il se foutait bien des charges sociales, des contrats et des paperasseries. De plus, il n'était pas chiant et voyait les bons côtés de ses employés. Il avait besoin de bras, nous, de billets.

Avant qu'il emménage sa brocante à côté de l'immeuble miteux où je vivais, je n'avais jamais vraiment eu l'occasion de travailler régulièrement. Je faisais les poubelles des supermarchés, brûlais les factures qui se trouvaient dans ma boîte aux lettres. Je buvais lorsqu'il y avait à boire, fumais du tabac à rouler et lisais lorsque je trouvais un bon bouquin. Dans l'idéal, j'aurais voyagé ailleurs que dans des livres, mais je n'avais plus le courage de faire du stop, de me retrouver bloqué dans des ailleurs flippants.

Ça m'était arrivé une fois au camping de Sierke-les-Bains. Situé en bordure du Luxembourg et de l'Allemagne, mais en France. J'étais parti plein de rêves, faire la route et découvrir le monde, mais l'aventure s'était rapidement interrompue. Je m'y étais fait voler le contenu de mon porte-monnaie, ma dernière richesse, quatre-vingts euros, fauchés dans la tente. À l'intérieur de mon sac, pas de carte de secours, personne que je pouvais appeler pour me sauver la mise. Je n'avais plus que la faim plein la brioche et une bonne pluie pour me mouiller. J'avais plié la tente trempée, pris le bord de la route et résultat : une semaine pour revenir en Suisse, dont deux jours sur une aire d'autoroute, à fouiller les poubelles immondes pour bouffer des frites humides, j'avais haï la pauvreté encore plus que d'habitude.

Dans ma ville, ce n'était pas beaucoup mieux, mais j'avais de petits plans. J'avais une piaule sous-louée sans contrat officiel dans l'appartement d'une fille inscrite aux services sociaux. Elle travaillait beaucoup sur des marchés. Ses entrées étaient misérables, mais elle détestait aller demander l'aumône, c'était une humiliation mensuelle de se rendre au rendez-vous avec son assistant social. Elle n'avait pas grandi avec ses parents, toxicos, et avait connu surtout des internats. C'était une superbe nana, malgré une partielle surdité précoce qui faisait qu'elle aboyait pour parler, elle avait un vieux labrador arthrosé qui faisait de même.

Avec mon boulot, j'avais les moyens de petites choses, pas d'être à flot avec la cohorte de demandes qui vous opprime lorsque vous habitez la Suisse, mais je pouvais vivre quelques trucs chouettes. Chaque soir, acheter quelques « Prix Garantie », bières à cinquante centimes, jouer au baby-foot chez les voisins, m'offrir quelques hameçons pour une partie de pêche…

Biu, la ville que j'habitais, était agréable à vivre, elle rassemblait beaucoup de personnes dans des situations de vie similaires à la mienne. J'étais entouré d'un réseau qui expérimentait la même petite misère, une strate qui faisait avec ce qu'il y avait à disposition, squattait une vieille usine ou la forêt pour organiser une fête gratuite, buvait de la bière premier prix et se satisfaisait de musique forte, d'un feu et de ne pas être seul.

Bref, j'avais acheté mes six bières syndicales d'un demi. Je n'avais pas envie de prendre une douche dans le bac glacial, sans savoir si le chauffe-eau fonctionnait à nouveau. J'ai préféré changer de tee-shirt et mettre du déodorant. Je suis parti en direction de la maison des voisins avec l'espoir d'une soirée en bonne compagnie.

C'était une gigantesque colocation où logeaient quatorze personnes. Certaines avaient des rythmes réglés, mais la plupart étaient de pauvres renégats comme moi. Comme ils avaient une chambre d'ami, pas mal de voyageurs s'y échouaient, des voyageuses aussi, c'était parfois la perspective d'un éventuel petit amour ponctuel.

Un autre déménageur de l'équipe y habitait. Bernard, Bernie pour les intimes. Il avait travaillé le jour d'avant, gagné son saoul, c'était un ivrogne, je dis ça alors que je suis moi-même un alcoolique du soir. Son rituel d'après boulot était de passer au supermarché et de dépenser pas mal d'argent en picole, de boire la moitié, d'aller dépenser le reste chez des filles et de revenir boire jusqu'à ce que mort s'ensuive.

Il était là, dans le salon, tellement cramé qu'il arrivait à peine à bafouiller qu'il avait une rage de dents. Il n'avait pas les moyens du dentiste. J'ai ouvert une bière, il y avait d'autres personnages dans la pièce, une connaissance me dit que Johnny venait d'apprendre sa paternité à venir. J'ai imaginé intérieurement l'état dans lequel cela pouvait le mettre, il n'était ni solvable et encore moins en situation légale en Suisse ni rien, j'étais loin de pouvoir le comprendre. Johnny était français, il tentait de trouver une petite place dans le monde, mais elle ne venait pas. Il faut avouer qu'il ne savait pas s'aider lui-même. De fait, il tentait de se dépêtrer à l'aide de petits boulots, mais finissait bien souvent à surnager dans des vapeurs d'alcool et de cannabis. Je l'ai croisé dans le couloir qui menait aux toilettes, il m'a juste poussé lorsque je lui dis « bonsoir », les yeux injectés de sang et une odeur d'alcool frelaté qui le suivait. Il est sorti de la maison.

Nous avions entamé une partie de baby-foot avec deux jeunes Espagnoles qui faisaient la route. Un autre ami de la maison était mon compère de jeu et nous comptions bien gagner la partie, ou va savoir, une partie de jambes en l'air avec les filles. Je ne pourrais dire ce qui avait le dessus. La seule certitude de l'instant était que tout a été interrompu par du grabuge. Quelque chose se passait dans la rue en contrebas. Un truc que je n'aurais jamais pensé possible, il y avait des hurlements et la lumière d'un feu.

Nous avons tous saisi nos vestes et sommes sortis pour constater l'œuvre de Johnny. C'était ennuyeux, il avait bouté le feu au pneu d'une voiture de luxe stationnée à côté de la maison où nous nous trouvions. Il hurlait « brûle, sale bourge ». Quelqu'un a par chance saisi un extincteur et limité les dégâts. Le propriétaire du véhicule a déboulé, et c'était une sorte de grizzli de cent trente kilos. Il mit une droite à Johnny, ce qui le coucha, et l'ours mit son pied sur le visage du copain, sa bouche était ensanglantée. Il fallut donc s'interposer. Le grizzli reçut sans tarder le soutien de ses amis, une bande de cinq gaillards bien bâtis. J'essayais de leur expliquer qu'il subissait une crise, qu'il était probablement bipolaire, qu'il venait d'apprendre qu'il allait être père d'un enfant non désiré, mais toute ma diplomatie ne servait à rien au milieu de la testostérone ambiante. S'interposer et repousser ceux qui désiraient faire durer l'événement. Pour ma part, je déteste me battre, c'est généralement puéril et inutile, mais certaines situations se passent de mots. J'ai cogné deux ou trois fois avec mes mains de déménageur, question de donner le ton.

Le temps que les gorilles se calment, Johnny était déjà parti. La rue pleine de nids-de-poule et de murs décrépis a retrouvé sa tranquillité et ses pigeons errants.

L'amitié a ses limites, nous avons laissé le copain ivre se mettre dans la merde ailleurs. Chose qu'il fit brillamment en tentant de dévisser une porte de la prison de Biu. Finir en cellule de dégrisement était fatalement la meilleure option qui s'offrait au menu de sa soirée.

Quelques jours plus tard, dans les ténèbres de six heures du matin, Brook, la fille qui me sous-louait la chambre buvait un café avec une de ses copines. J'ai rejoint la cuisine pour y trouver un peu de compagnie avant d'aller faire ce que le patron appelait un « petit déménagement où il n'y a rien grand-chose ». J'avais appris à me méfier de ce type de phrases comme de la peste. Ce n'était pas que le patron mentait, disons qu'il se mentait à lui-même. N'ayant plus d'argent, j'avais hier soir bu quelques verres de « château carton », du vin blanc en cubi de quatre litres, j'avais donc des remontées acides et une solide gueule de bois. C'était une rude épreuve de parler au réveil, mais je savais que ça allait adoucir mon humeur. Causer faisait que le porc-épic matinal qui m'habitait se trouverait épilé de son mal de vivre.

Un café avalé, je me suis approché de l'épreuve suivante, celle de la douche. Sous un tapis de sol à franges, le carrelage bleu pâle rayonnait de froid. Certains corps de chauffe du Boiler étaient toujours en panne et la machine crachait que de l'eau à dix degrés. La brûlure du froid a saisi la plante de mes pieds, puis tout le reste. Heureusement, les restes de picole du soir d'avant atténuaient toute sensation venant du monde extérieur. Sorti, peau dégraissée, je me suis souvenu que le chauffage central ne faisait que maintenir la maison hors gel et que notre poêlon à bois venait à peine d'être allumé. Une grosse fissure dans la vieille fenêtre de la salle de bains laissait pénétrer le souffle de l'hiver, le monde était définitivement hostile.

En m'habillant, j'en arrivais au dernier tee-shirt propre de ma commode, j'ai songé qu'il me fallait laver mon linge. Notre machine était morte depuis trois semaines et j'avais récupéré un fût de fermentation dans lequel je mettais du produit de lessive. Un manche à balai me permettait de mélanger le tout. Je n'eus le temps que de le remplir, l'heure du travail étant arrivée. Comme je ne pouvais pas rincer mon linge aussi bien que le fait une machine, mon dos s'est mis à me gratter dès que je me suis assis dans la camionnette.

« Tiens, prends une vraie clope », m'a dit le patron. Nous sommes arrivés devant la maison qu'il fallait vider. J'ai été surpris, c'était une grande villa de campagne. Le locataire portait une chemise neuve au col amidonné. Les instructions étaient simples, deux pièces à vider, peu de mobilier. Il y avait deux chats siamois, le plus important était de ne pas laisser sortir les sales bêtes qui voulaient absolument s'enfuir. N'ayant pas les mains libres, je leur fichais des coups de pied discrets pour les empêcher de passer les portes.

Le boulot a été étonnament vite fait, entre deux, le client m'a glissé un billet vert dans la poche, ce qui valait bien une mauvaise demi-journée de salaire. La gueule de bois disparut définitivement.

Lorsque nous avons terminé de décharger, le patron a reçu un appel, il m'a demandé si j'avais encore le temps de l'aider pour autre chose, je lui ai répondu par l'affirmative. Est-ce que les déménageurs ont un karma ?

Nous sommes retournés dans l'épais gris de Biu, après avoir mangé une pizza dans un petit bouge où le patron a supplié la cuisinière de faire son plat avec ses seins. J'ai siroté un Coca silencieusement pendant qu'il faisait son habituel cirque gênant. Je crois que la testostérone devait court-circuiter son cerveau. Peu après, nous sommes remontés dans le camion.

L'appartement à vider se trouvait dans un vieil immeuble historique charmant doté de madriers apparents, de grandes poutres et de vieilles planches brasées formaient une terrasse de toute beauté. Mais comme l'habit ne fait pas le moine, la façade ne fait pas l'appartement. En grimpant les étages, une odeur d'étable mêlée à celle de cadavre s'est frayé un chemin jusqu'à nos narines. Un type bossait déjà là et lorsque nous sommes entrés, nous avons directement retrouvé la sortie et un sac de poubelle pour rendre notre pizza.

J'en avais vu, des vies ou plus précisément ce qui les hébergeait, mais ça, jamais. On ne peut soupçonner ce qui se planque derrière une façade et, depuis cette expérience, je n'ai de cesse de tenter d'imaginer le tas d'immondices possibles qui pourrait se dissimuler çà et là.

Là, c'était à peu de choses près une étable sans entretien. Comme une couche de neige jaune et brune, de la paille ponctuée de crottes recouvrait le sol sur quarante centimètres. Le type qui habitait ici avait des lapins et des chats qui étaient libres de leurs mouvements, libres aussi de faire leurs besoins où ils le désiraient. Seuls le lit et une partie d'une bibliothèque dépassaient du fumier. On apprit que l'ancien locataire avait reçu un autre logement. Bordel, c'était de la non-assistance à personne en danger. L'État venait de supprimer pas mal de place en psychiatrie, l'habitant des lieux aurait pu y être candidat. Je songeais à cela en transportant les sacs de cent-dix litres qui remplissaient la camionnette à ras bord. Pendant le dernier voyage, mon tibia a ramassé le coin du lit endommagé et coupant de ce maudit studio, c'était un point sensible et j'ai pesté.

L'autre gars qui bossait nous a ensuite remerciés et il a dit qu'il finirait seul. Malgré les deux couches de pull que je portais, la puanteur avait percé et même mon dernier tee-shirt refoulait. Arf, j'étais bon pour une deuxième douche glaciale ; je craignais même de ramasser une saloperie quelconque, type maladie disparue. Je me suis fait payer et le patron m'a refilé un paquet de clopes neuf pour le désagrément. Il m'a proposé un autre engagement pour la semaine suivante, « un truc marrant » qu'il a dit.

J'ai grimpé les marches de notre maison avec lenteur jusqu'à entendre des voix que je ne connaissais pas. Brook, ma coloc', était en compagnie de deux flics à l'intérieur de l'appartement. Ils n'avaient pas l'air agressifs et comme ils étaient déjà entrés, mieux valait détendre l'atmosphère. Eux m'ont salué et dit qu'ils avaient vu l'herbe sur la table du salon, mais n'étaient pas là pour ça. Rassuré pour Brook, je me suis excusé de puer, expliquant brièvement d'où je venais (pour augmenter mon capital sympathie de bon citoyen). On nous avait accusés d'avoir attaqué le voisin d'en dessous. Les flics avaient compris que nous n'étions pas coupables, mais mener une enquête était la procédure. Le voisin était un psychotique profond qui avait le syndrome de Diogène et les forces de l'ordre se faisaient appeler trois fois par semaine par ou à cause de lui. Détail non négligeable, le voisin voulait baiser Brook et la harcelait régulièrement avec une érection visible dans son training couvert de taches improbables.

Les agents de la paix devaient juste vérifier, c'était la procédure, que nous n'avions pas un couteau ensanglanté ou autre. Plus tôt, le zinzin de voisin était venu frapper à la porte — le sang en attestait — badigeonnée de son propre fluide vital de la tête aux pieds. Heureux de ne pas avoir vécu ce film d'horreur, j'ai repensé au karma me disant que j'avais pensé payer un truc en portant de la merde, mais que c'était une rémunération positive tout à fait fair-play de la part du monde.

Après une fouille peu invasive, ils nous ont souhaité bonne soirée et m'ont recommandé de prendre un bain.

Je l'aurais volontiers pris, ce bain, mais il faut une baignoire et, dans l'idéal, de l'eau chaude pour réaliser ce petit luxe qui semble commun à d'autres. De plus, j'en avais marre d'avoir froid. Les réserves de bois arrivaient au bout, Brook en avait recommandé, mais le temps de faire les démarches avec les œuvres sociales et de recevoir la livraison, il faudrait attendre. Je suis donc sorti chercher une palette derrière un entrepôt des environs qui n'était pas surveillé, avec la ferme intention d'avoir assez chaud pour me remettre sous la douche froide. Il faisait déjà nuit lorsque je suis arrivé devant l'entrepôt et merde, ce soir, il était surveillé. On voyait la loupiote d'un agent de sécurité peu effrayant, moustachu et bedonnant de plus de cinquante ans. Il n'avait par chance pas de chien et j'ai fait mine d'être un promeneur le temps que la lumière disparaisse à l'angle du bâtiment. Ensuite, j'ai couru pour saisir deux petites palettes de sapin et suis parti, mine de rien. J'en venais à me dire qu'il fallait bien des efforts pour voler du bois destiné à la déchetterie, au pied d'un entrepôt, vide à cette heure, mais constamment chauffé.

Plus tard, l'appartement avait atteint une vingtaine de degrés. Brook avait eu la gentillesse d'aller me chercher des bières avant que tout soit fermé pendant que je tempérais la baraque. En enlevant mes sapes, j'ai remarqué une petite blessure à mon tibia. Je l'ai savonné intensément et nettoyé avec une petite poussée d'adrénaline dans les tripes, songeant aux saloperies qui pourraient avoir pénétré mon corps. Je suis jeune et résistant, me suis-je dit pour me rassurer. Tentant de penser à autre chose, j'ai fait couler la douche qui semblait plus tiède qu'au matin, bu mes six bières syndicales et apprécié la fin de cette drôle de journée.

Les voisins de la maison d'à côté subissaient le même funeste sort que nous : mort clinique de machine à laver. Ainsi, bien que je leur eusse fortement déconseillé, ils se décidèrent à partir voler une autre machine, dans une résidence du quartier où l'accès à la buanderie était facile. Celle-ci installée, j'eus la chance de faire un lavage complet de ma garde-robe avant qu'ils fussent accusés, à raison, d'avoir chapardé l'objet. La machine fut rendue et, l'histoire n'eut pas de suite. Pour moi, c'était chouette, la vie ne grattait plus, je n'avais plus cet intense parfum de lessive bon marché qui prenait au nez, le bonheur ! Un bonheur simple que la classe moyenne ne remarque même pas.

Le matin suivant, comme je ne travaillais pas, j'ai roupillé comme une larve pendant une bonne partie de la journée. N'ayant presque rien dépensé de mes petits gains et sachant que je retravaillerais le lendemain, c'était le soir idéal pour dépenser sans compter. Avec ma situation financière, ceci signifiait deux billets de vingt francs. Avant de sortir, j'ai traversé le vieux parterre de pierre grise de la cuisine pour saisir la bouteille de kirsch entamée destinée à la fondue. Je partageai une lampée avec Brook qui n'avait pas envie de sortir ce soir-là. Connaissant tant mes penchants fêtards que ma constante envie de trouver un peu d'amour, elle me souhaita bonne chance.

L'hiver tirait vers sa fin. Heureusement, car il était dur. Après le printemps, l'été serait prétexte aux festivals. Je ne comptais pas m'y rendre en fêtard, mais j'espérais cette année du travail comme hands et j'avais envoyé un mail à une entreprise zurichoise qui embauchait des personnes sans formation. Un service pouvait durer vingt heures et était rémunéré deux cent cinquante francs. C'était un ouvrage réputé difficile, mais il suffisait de se coltiner un festival entier et l'on se retrouvait riche. Ceux qui y passaient une saison entière gagnaient assez pour ne plus travailler le reste de l'année.

J'étais sorti avec l'âme en fête en direction du bar de la lune noire où je comptais commencer la soirée. Il se situait dans une vieille industrie abandonnée et personne ne savait s'il était légal ou pas, mais tout le monde s'en fichait franchement. La salle se situait dans une cave large et bétonnée qui avait été décorée de tentures et de tissus divers, un très long bar y avait été installé, joliment décoré de bougies. On y servait de tout, mais rien de cher. Luca, un de mes meilleurs amis, commença par m'offrir un gin-tonic. Il se plaignait de la quantité de travail qu'il devait fournir pour l'université en plus de ses travaux d'accompagnement de personnes en situation de handicap. Il n'empêche, lui travaillait pour son argent de poche et ses vacances. Son père était notaire, sa mère avait un manège, il avait une seule sœur avec qui il faudrait un jour partager une petite fortune et un parc immobilier d'une maison, d'un immeuble et de deux chalets. Son ton geignard faisait monter en moi une certaine irritation, même si je savais que personne ne choisit d'être bien né et qu'il n'est pas possible de comparer ni de juger les efforts vécus par des expériences différentes.

Un autre type que je connaissais, Jeff, commençait à parler de plus en plus fort. Une hargne manifeste émanait de sa voix. Depuis que j'étais entré dans la pièce, il buvait du Back Piper, un whisky pur de qualité médiocre. C'était un homme de la cinquantaine qui, au premier abord, avait l'air très en forme, excepté le fait qu'il lui manquait une incisive, ce qui formait un trou noir donnant l'impression d'être aspiré par sa bouche. J'ai quitté Luca quelques instants avec l'espoir d'user de mon calme pour l'apaiser, j'avais déjà vécu plusieurs crises de sa part.

Après peu, j'ai compris qu'il n'y avait rien d'autre que le désespoir provoqué par ses cent mille francs de dettes. « Les trous du cul, y veulent du fric que j'ai pas pour un truc que j'ai pas consommé, à mort les lobbyistes, à mort l'État suisse !!! » Chez Jeff, cette rengaine allait et venait toutes les quelques semaines. Je suis parti aux toilettes et lorsque je suis revenu, je l'ai juste vu saisir la bouteille de mauvais alcool, la téter jusqu'à la dernière goutte, la jeter contre un mur, puis prendre la table où il était accoudé et la retourner avec une telle force qu'elle a frôlé le pla-

fond. Et finalement, titubant, terminer sa course au sol, pleurnichant et rageant, incapable de se relever, tant son cerveau valsait. Luca est venu m'aider à le charger sur nos épaules et nous l'avons ramené chez lui, heureusement il n'habitait pas loin. Sur le retour, Luca m'a dit qu'il était fatigué d'aller dans ce bar, mis à part moi, ses bons potes n'y allaient plus et les scènes dramatiques y étaient régulières.
« Je dois me protéger de ça, ça me déprime, tu comprends ? »
« Mais bordel, c'est quand même le monde dans lequel on vit… On peut pas en ignorer un bout… »
« Fais ce que tu veux, moi je vais dans un vrai bar, avec de la vraie lumière, une vraie tireuse et des gens qui savent se tenir. Marre de tes plans glauques ! »
« Okay, ce coup-ci, j'te suis. »
« Ouais, désolé, mais j'en ai marre des gens qui font rien pour améliorer leur situation, c'est normal d'être au fond du bac si t'es comme ça. »
« T'sais y a aussi des gens qu'ont des problèmes psys, hein, c'est des maladies vraies, mon gars. »

Nous avons marché vers la vieille ville où se trouvaient les bars plus en vogue, des bars où l'on se donnait une attitude vestimentaire modeste non par nécessité, mais par désir d'appartenance à un groupe d'originaux. On y retrouva les amis de Luca, étudiants, musiciens, artistes : c'était chaleureux et agréable. Je connaissais pas mal de monde et la vie semblait simple, commander au bar, se faire servir, boire avec raison. J'essayais d'entrer en contact avec des filles, mais elles se détournaient rapidement. Y avait-il une raison ? N'avais-je pas le bon style ? N'étais-je pas capable du bon discours ?

Une fille inhabituellement musclée, Tessy, s'est intéressée à moi pendant quelques instants. J'aimais sa façon d'être présente, calme, posée, son regard était si confiant qu'il m'a transpercé, mais lorsque j'ai songé à lui offrir un verre, mon porte-fric était vide. Un malaise m'a pris, je me sentais mis à part, un peu minable. J'ai poliment pris congé de la tablée et suis parti, avec un sale sentiment d'injustice.

La nuit était belle. Dans la rue pavée, les petites devantures d'épiceries fines côtoyaient les pince-cul, une fille de couleur fumait à la fenêtre et me lança « Tu viens, chéri ? ». J'ai senti comme une décharge électrique rythmée par les battements de mon cœur dans mon tibia blessé, ce qui m'a empêché d'avancer d'un pas rapide pour fuir le regard des sirènes déchues. Une petite peur s'est éveillée au fond de moi, puis j'ai entendu une voix qui m'appelait, Tessy m'avait suivi…

Ma jambe, le réveille-matin et le chien de Brook se sont mis à beugler simultanément. Je me suis levé machinalement pour enfiler des habits bien propres. J'ai songé au visage de Tessy, sorti mon téléphone portable pour vérifier que j'avais bien enregistré son numéro. En voyant les chiffres, quelque chose d'indéfinissable s'est produit dans mon ventre et m'a fait oublier la douleur et la pollution sonore environnante. Je me suis dit que, peut-être, les fauchés aussi pouvaient espérer une histoire d'amour, allez savoir.

L'air du dehors était humide et vivifiant et le ciel paré d'un gris lumineux. Je me suis mis à écouter le chant d'un merle, mêlé au son de la ville qui s'éveille, grincement des chemins de fer et roucoulements de pigeons. Comme à son habitude, le patron attendait dans son fourgon enfumé, son sourire a renforcé ma bonne humeur. Il avait un nouveau dentier mal ajusté d'un blanc rayonnant, offert par sa maîtresse cancéreuse. Les quenottes artificielles lui donnaient un air sympathique de poney essayant de saisir une touffe d'herbe tendue par un gamin.

Il m'a filé une clope et a commencé par me dire qu'il n'était pas allé voir chez « les clients », que le plan marrant qu'il m'avait promis était repoussé. Nous étions mandatés en urgence. Il avait été contacté par le service social, savait que c'était un six-pièces et qu'il devait être vidé le soir même. J'ai frissonné rien que d'entendre « six pièces ». Prévoyant, le patron avait pris une cinquantaine de cartons avec lui. C'était sur une des artères principales du centre de la ville. Nous avons été accueillis sur le pas de la porte par un homme qui barjaquait quelques mots de français, très souriant. Stupeur et tremblements en entrant dans son logis. Il nous expliqua qu'il vivait là avec ses trois filles et sa femme. Sa femme travaillait dans une chaîne de restauration rapide, elle ne reviendrait qu'à midi. Il peina à comprendre que nous ne pouvions pas attendre son retour pour entamer le travail. Nous avons commencé à apporter des cartons et à les remplir. Il gesticulait autour de nous, contrarié, en disant :

« Non, non, il faut attendre ma femme ! Vous plaît, vous plaît, attendez elle. »
« Désolés, mais cher monsieur, nous devons avoir fini ce soir et il y a beaucoup à faire. »

Le patron était déjà au téléphone avec l'employeur pour dire que même s'ils devaient être dehors ce soir, c'était tout bonnement impossible, qu'il faudrait au moins trois jours. À ce moment-là, nous n'avions vu ni la cave ni le grenier. Le patron m'a laissé seul avec le type, le temps d'aller chercher son monte-charge hydraulique — car l'appartement se trouvait au quatrième étage — davantage de cartons, sa remorque et l'ami déménageur Bernie. J'espérais d'ailleurs que le collègue n'ait pas encore bu autre chose que de la bière.

Les premiers cartons furent vite remplis et je tentais d'empaqueter avec respect, soin et ordre. Pièce par pièce, j'empaquetais des quantités phénoménales d'objets. En particulier les habits, il y en avait des tas dans chaque chambre. Le « tas » était le système de rangement de cette famille et merde, dans le tas du salon il y avait des croûtes de pizza dans le monticule de fringues posé sur le sofa. Dans la chambre des filles, des strings avec des traces de freinage dans la colline du bord du lit.

Le type avait compris que je n'étais pas là pour qu'il se fasse engueuler par sa femme, il avait même commencé à comprendre l'ampleur de la tâche et il s'était mis à m'aider, prenant des sacs de poubelle de cent dix litres et bourrant des habits dedans. Il était neuf heures du matin et nous étions tous deux en sueur. Nous n'avions pas encore touché un seul meuble, pas emballé un seul objet de cuisine, pas touché à la cave ni ouvert la porte du grenier.

L'odeur de vieille friture qui régnait dans l'appartement avait déjà imbibé mes habits propres. Le patron est arrivé avec l'ami Bernie, heureusement pas trop saoul, ce qui a remis un peu d'espoir dans l'histoire. Le vieux moteur deux-temps du monte-charge a gargouillé puis démarré. Nous avons pu remplir la fourgonnette. Le patron chargeait, il préférait cette tâche qui lui permettait de jouer avec sa machine en fumant des blondes. Peu avant midi, nous avons fini de remplir camion et remorque, puis décidé de décharger avant de manger. Avant de quitter le premier appartement, j'ai couru au grenier, deux espaces étaient à la famille, remplis à ras bord de meubles démontés et de vaisselle à usage unique, probablement récupérée par la mère de famille dans le fast-food où elle travaillait.

Le convoi est parti sans que nous sachions où se trouvait l'appartement. Les rues étaient bondées, car un carnaval aurait lieu le soir même. Le père de famille trottinait devant le véhicule pour nous montrer la direction et heureusement, l'autre appartement était situé à quelques pâtés de maisons.

Dans le bâtiment de l'appartement à investir, il y avait des points positifs. Notamment le fait que la cage d'escalier était large. En revanche, impossible d'amener le monte-charge, pas d'ascenseur et c'était au troisième. Nous avons poursuivi le travail, étape susucre, plus simple que la précédente, il ne fallait que transporter et déposer à l'intérieur. Cela prenait peu de temps, nous avions faim, nous étions efficaces.

Peu après, la pizza et le Coca-Cola étaient parfaits, rassurants, tous deux ayant une fin, à la différence de notre tâche d'aujourd'hui. Le patron est ressorti fumer en nous laissant à deux.

Je me suis entretenu avec Bernie qui m'a confié qu'il s'était mis en couple avec une femme que je connaissais bien. Barbara, la quarantaine bien tapée et mère de quatre gamins déjà adolescents. C'était une sacrée fumeuse de joints et je me suis dit qu'ils s'étaient bien trouvés, chacun son vice… L'ami sirotait une bière Picon de cinq décilitres et lorsqu'elle fut vide, sa langue se délia. Il me dit que sa compagne était enceinte. Je voulais sourire, mais mon visage n'a laissé apparaître qu'un rictus en le félicitant. Je n'arrivais pas à imaginer d'issue heureuse à toute cette histoire. Est-ce que cela me regardait ? Non, j'avais assez à faire avec ma propre vie, et la morale pouvait aller se faire voir.

Il voulait reprendre une bière, mais je l'ai poussé au cul pour reprendre le boulot « sinon on aura jamais fini ». Il a maugréé un « mouais », est allé s'acheter deux cannettes au discounter d'en face, en a descendu une quasiment cul sec. Première fois de la journée où ses mains ne tremblaient plus.

Tout se déroula ensuite sans plus d'anicroche, en tout cas jusqu'à l'heure où l'usure a pris le dessus. Même le patron en avait marre, il devait en être à son quatrième paquet de clopes, j'avais rarement vu ça. Dans la nuit bien installée, nous devions maintenant faire un énorme détour à cause des fêtards du carnaval. L'ami Bernie commençait à tanguer et à sentir le schnaps. Bien que je n'apprécie pas de me droguer et que je le fasse encore moins volontiers pour travailler, j'ai sorti une petite trace d'amphétamines que je conservais dans le fond de mon porte-monnaie comme roue de secours. J'ai refilé la majeure partie au collègue et nous sommes repartis pour la dernière manche. Peu avant minuit, le patron a dit que nous continuerions le lendemain.

L'ami Bernie était du Nord. Il avait fui en Suisse voilà de ça huit ans. Les raisons de cette échappée sauvage étaient rudes. Il avait commencé par être marin-pêcheur sur des chalutiers. L'ouvrage éprouvant l'avait amené à la boisson pour tenir les cadences infinies de l'océan et ses conditions effroyables, où quelquefois, au matin, un homme manque à bord et personne ne sait si c'est dû à l'appétit de la mer, l'appétit de mort que peuvent avoir certains, ou l'appétit de vengeance d'un autre marin. Quelques substances ont fait leur chemin par ses narines, puis ses veines. Et un jour, alors qu'il était marié, qu'il avait deux enfants et qu'à terre l'argent manquait, il a eu la mauvaise idée de s'attaquer à une bijouterie avec un couteau. Absent à son jugement, il a écopé de quatre ans de prison ferme. Il avait ensuite passé deux ans en Suisse, deux ans à tenter d'oublier l'inoubliable, l'absence des gosses, la sentence, les messages brutaux de l'ex, la famille qui le renie. Quelques milliers de litres d'alcool plus tard, après une dernière beuverie de trois jours, il avait pris un train, passé la frontière et s'était rendu au premier poste de police. Résultat, quelques années de prison. Pendant ce temps, il a pu voir les vilaines facettes de l'existence. Parler du poing pour oser exister, négocier des téléphones et son herbe avec les matons, avoir des calculs rénaux et se faire mettre au cachot parce qu'il criait de douleur… Il en avait vu de toutes les couleurs. Il était ressorti soigné, sobre et fort de l'espoir de monter une petite entreprise. Puis l'alcool l'avait rattrapé, il était donc Bernie le soulard, déménageur et futur père d'un troisième enfant.

À la reprise du travail et comme nous étions arrivés au bout des habits et petits objets le jour précédent, nous avons pu nous attaquer aux meubles. Lorsque j'ai voulu saisir les tables de nuit de la chambre des parents, j'ai pensé qu'un malin les avait vissées. Mais après avoir tenté de repérer un pas de vis de tous les côtés sans en trouver, j'ai essayé d'incliner le meuble qui a failli arracher le parquet flottant. En insistant un peu de droite à gauche, avec un bruit effrayant, la table de nuit s'est décollée du sol.

Plus nous avancions dans le vidage, plus nous constations que l'appartement était vivant. De petits biotopes se trouvaient derrière les armoires, sous les lits, dans les angles de la cuisine. L'impression d'être instantanément graissé lorsqu'on séjournait plus de dix minutes dans ce logis était prégnante. Heureusement, toute la famille était très avenante. Le patron nous expliqua qu'il avait dû batailler pour que les jours de travail supplémentaires fussent payés, l'administration préférait raboter les tarifs déjà indécents plutôt que de venir observer quelles étaient les conditions dans lesquelles nous besognions ; nous méritions une prime, mais ils nous payaient moins de vingt francs de l'heure.

Finalement, j'avais sali plus de la moitié de ma garde-robe pendant ce déménagement. Mais pour un pauvre de mon espèce, les six cents francs que j'avais gagnés étaient une fortune qui me permettait de payer trois mois de loyer et de vivre quelques jours dans l'opulence. J'avais reçu une première promesse d'engagement pour les festivals à condition que je vienne faire une nuit d'essai pour le montage des scènes et des lampes d'Art on Ice dans quelques semaines. J'ai pu faire la grasse matinée, jusqu'à la livraison du bois que Brook avait commandé. Il était environ onze heures lorsque le livreur a sonné. Nous avons commencé à monter panier après panier et le livreur a balancé que le bûcheron était déjà ivre lorsqu'il était allé charger le camion. De fait, nous avions presque le double de la quantité prévue. Ma jambe a commencé à faire des siennes au second voyage et lorsque nous approchions de la fin du chargement, mon cœur battait dans mes guiboles. J'étais presque incapable de me tenir debout. Brook m'a dit que j'étais « blanc comme un cul », j'avais des étours, j'ai failli tomber dans les vapes.

Lorsque j'ai ôté mon pantalon, un trait rouge faisait le lien entre la petite plaie et mon ganglion lymphatique de l'intérieur de la jambe. Je ne savais pas ce que cela signifiait, mais ça ne devait pas être bon du tout. J'ai claudiqué jusqu'à la gare et suis monté dans le bus pour l'hôpital. Arrivé aux urgences, la réceptionniste a refusé de me faire entrer sans que je paie un acompte en cash, parce que je n'avais pas d'assurance. Après vingt minutes de négociation, voyant un médecin passer, j'ai forcé l'entrée et l'ai supplié de jeter un œil à ma plaie. Il a immédiatement lancé à la réceptionniste qu'il fallait me traiter urgemment. Elle a fait la moue, moi, j'avais l'impression d'être sauvé d'une mort imminente. Le médecin a creusé dans la plaie, m'a fait une prise de sang et m'a dit que j'avais bien fait de venir.

« Deux jours plus tard, ça gangrénait sérieusement et on vous enlevait un gros morceau, vous avez de la chance d'être jeune, parce que ce trait rouge, c'est un début de septicémie. »

On m'a refilé une boîte d'antibiotiques, un rendez-vous et une facture étrangement honnête pour ce qu'on venait de me faire. Le médecin ne m'avait fait payer que les antibiotiques. En ressortant, mon corps était heureux, ma tête voyait clair, la réceptionniste m'a fusillé du regard lorsque je pris congé d'un ton poli. J'avais relevé le nom du docteur et après avoir trouvé son adresse, je lui ai envoyé trois bons flacons de rouge et mes remerciements.

Lorsque j'ai sorti mon téléphone, Tessy m'avait écrit, me proposant de m'inviter à manger chez elle, trois jours plus tard. Je voulais faire bonne figure. Il fallait trouver des habits qui convenaient et j'ai entamé le tour des brocantes le lendemain. J'ai beaucoup réfléchi à la coupe de barbe que je pourrais adopter pour avoir l'air aussi sympathique que sérieux, jeune et original que travailleur. Le rasoir usagé que mon oncle m'avait remis rechignait un peu et arrachait certains poils, mais après trois quarts d'heure, j'arrivai à un résultat assez concluant. J'ai posé une casquette sur ma tête et j'ai rasé les cheveux qui dépassaient. J'étais rafraîchi, même si ma coupe me donnait une tête de seigneur moyenâgeux. Maintenant que nous avions du bois et qu'il faisait chaud, c'était un plaisir de se doucher, même à l'eau froide. Je trépignais à l'idée de la revoir, mais il faudrait attendre encore un peu.

Le fameux plan « marrant » dont le patron avait parlé s'est enfin représenté. Dans la fourgonnette, il a précisé qu'il vaudrait mieux garder le silence sur ce que nous allions faire aujourd'hui. Nous serions mieux payés que d'habitude, mais nous verrions des choses qui ne regardent que « le client ». Le « client » en question voulait me rencontrer avant le début du boulot. Nous nous sommes arrêtés sur un parking en périphérie de Biu. Une Mercedes brun-beige de collection est arrivée peu après nous et deux nanas en training rose avec des cheveux blonds décolorés en sont sorties. Peu après, un type impressionnant les a suivies, lui aussi en training de boxe Everlast. Il devait faire un peu plus de deux mètres, taillé en V, le teint un peu hâlé. Il s'est approché d'un pas lent, assuré, presque royal. J'ai pensé que ce devait être un Gitan ou un Rom, un Yéniche peut-être, je ne connais pas assez les clans pour les définir ni à l'œil ni au langage. Il m'a reluqué de la tête aux pieds, puis m'a serré la main en hochant de la tête. La poignée a fait craquer nos deux mains. Après quoi, il a souri et a fait « y fera l'affaire ». Les filles ne parlaient pas le français et semblaient être des objets de décoration.

Nous avons suivi sa voiture jusqu'à une maison. Le goût du kitsch y était brutal à un degré qui me rappelait l'échoppe de bijoux pour adolescentes de la ville. L'intérieur était fait de trois couleurs : du blanc, du rose et du doré. Des coussins en peluche sur les sofas blancs et démesurés face au plus grand téléviseur que j'avais vu de ma vie, mais heureusement, nous n'allions pas toucher à cela. Après le tour du propriétaire, nous sommes descendus dans une cave aux dimensions d'un bunker pour un village entier. Un monde sous le monde où trois gars plus pouilleux que nous s'affairaient à démonter de grandes cages.

Le patron m'a expliqué que c'était pour des lapins destinés à produire de la fourrure, un sacré bon plan fric, disait-il. Au vu du nombre de cages, il devait y avoir eu des centaines de lapins. Restait une photo accrochée d'une des bêtes, elle était Bon Dieu d'énorme et devait peser une dizaine de kilos. Nous avons commencé à charger les cages démontées dans le fourgon. J'ai demandé au patron combien il serait payé, il m'a répondu qu'il recevrait les recettes de quatre machines à laver le linge dans une laverie automatique de la ville pendant dix ans. C'était une rémunération improbable dans le monde improbable de ce type que j'ai fini par nommer intérieurement « le roi des gitans ». Le patron avait le droit de fumer partout chez lui. Nous avons chargé pendant deux heures, puis sommes partis en direction de « l'entrepôt ». Situé dans une des zones industrielles de Biu, l'entrepôt était un bâtiment banal où des entreprises de mécanique historiques avaient des chaînes de production. Trois étages appartenaient au roi des gitans. Dans le premier, il y avait un espace vide destiné aux cages des lapins. Il a dit « c'est plus sympa pour les bêtes d'avoir de la lumière naturelle », son ton donnait l'impression qu'il se voyait bienfaiteur de ces pauvres bestioles. Il y avait une plantation de CBD dans le reste des trois étages et j'étais persuadé qu'au moins une partie de ces plants de cannabis ne contenaient pas que du CBD, mais aussi de l'herbe moins légale. Nous avons fait notre travail, j'ai reçu mon bon argent, une bonne bouteille de vodka et un sacré sac d'herbe, le prix du silence est honnête. Le roi des gitans a noté mon numéro disant que comme je travaillais bien, il me rappellerait.

Le soir même, j'avais rendez-vous avec Luca. Il commença par des questions indiscrètes concernant Tessy.

« Ouais, c'est une fille super, elle bosse dans une boucherie industrielle en Suisse allemande, elle a pas mal de caractère à force de taffer avec des fils de paysans, pas sa langue dans sa poche, ça l'empêche pas d'avoir beaucoup de douceur dans sa façon d'être. »
« Bon, ben, c'est cool… vous avez déjà… C'en est où, votre relation ? »
« Bordel, je t'ai pas encore raconté comment j'ai failli me faire couper la jambe… et tu devineras jamais où j'ai bossé aujourd'hui. »
« D'accord, je vois bien que tu veux pas lâcher le morceau. Je te paie un double de ce que tu veux et tu me racontes ta soirée de l'autre jour. »
« Double single malt… ça va te coûter une blinde héhé. »
« J'ai reçu la pension de mes vieux aujourd'hui, ce soir, noyade ! »

J'ai raconté le contenu de mon existence à Luca et je crois qu'il me jalousait. La sienne était tout à fait bonne à prendre, mais il s'ennuyait à crever. Lorsqu'il ne languissait pas, il stressait pour des examens. Il a été déçu que je ne lui propose pas d'histoire de cul croustillante comme j'avais l'habitude de m'en vanter dès que j'en avais une.

Après un certain temps, on s'est revus, Tessy et moi. Les rumeurs de la ville m'avaient rapporté qu'elle avait eu une aventure sans suite. D'abord un peu blessé, j'avais songé que nous n'avions pas conclu de contrat. Ce soir, elle était sur les rotules, car Pâques arrivait et il fallait découper du cabri à la chaîne avec une cadence quasi similaire à celle précédant Noël et ses fondues chinoises. Je lui ai dit franchement que « j'étais pas trop le type à avoir les moyens du resto », ce qu'elle a pris sans grimacer. Je lui ai aussi dit que j'espérais que la relation qu'elle avait eue entre nos rencontres et son échec n'avait pas été trop douloureuse. Elle m'a regardé et caressé la joue…

Sans la laisser ajouter quoi que ce soit, je lui ai proposé de m'occuper d'aller faire quelques courses, de lui faire à manger, de laver la vaisselle, le tout chez elle parce que, je l'ai dit franchement, chez moi il faisait froid et j'étais un peu gêné de l'inviter dans ce cadre très modeste. Elle a dit que c'était en ordre pour cette fois, mais la prochaine, elle aimerait beaucoup voir où je vivais.

J'ai acheté de quoi faire une simple carbonara avec une entrée de salade et une glace au caramel pour dessert. Le vin blanc dont j'usai pour déglacer les oignons fit aussi office d'apéro, puis un petit verre de rouge pour accompagner le plat principal la détendit. Nous ne nous étions jamais embrassés. Je ne sais pas pourquoi, sa bouche avait quelque chose de sacré pour moi, un Graal très désirable et simultanément une chose vénérable à laquelle il ne fallait pas toucher, pas trop vite.

« Dis, je suis désolée pour cette stupide aventure, je voulais pas te faire de la peine. »
« Mais ta gueule… Ahaha ! Franchement, on avait rien fait d'autre que se rencontrer, on se doit rien d'autre que ce qu'on veut se refiler, nan ? »
« Chais, mais j'ai un peu mauvaise conscience, je crois que t'es un type bien et j'ai merdé quelque part, les gens bien, on les soigne… »
« Ouais, et les corps en vie, ils ont des désirs, je te souhaite pas d'être une bonne sœur… Et franchement, tu as vu comme tu me parles ? Si être franc, c'est pas soigner le type que je suis, on a tous nos histoires et t'as pas fait d'enquête sur moi… J'ai entendu un truc au coin d'un salon et voilà, rien de grave. »
« Ben, t'es un type incroyable, quoi qu'il se passe entre nous, sache que j'ai de l'estime pour toi… Et… je me sens conne de le dire maintenant, mais tu cuisines incroyablement bien… »

Que faut-il faire dans une situation comme celle-ci ? L'intérieur de votre cerveau vous dit qu'il faut faire ce Bon Dieu de premier pas. Mais vous vous êtes juré d'éviter d'être l'instigateur de cette étape. Il faut que cela vienne de l'autre côté, car dans le cas contraire, votre stupide croyance ou idiote superstition vous fait songer que la relation ira trop dans un sens, que vous serez le chat, elle, la souris. Non, il n'y a qu'une stratégie, ouvrir cette seconde bouteille de vin (le fameux cabernet-sauvignon bon marché passe partout). Ensuite, il faut continuer à parler aussi intelligemment que possible jusqu'à ce que vous soyez irrésistible. De la retenue, autant de retenue qu'il est possible.

Ce verre de vin supplémentaire faisait que la parcelle de peau de son cou visible était littéralement un appât pour le prédateur que j'étais à l'instant. Elle l'avait bien compris. Je crois que nous jouions au même jeu. À qui aurait le plus de retenue. Comme c'était samedi soir, le jeu dura. C'en devint presque sadique. Étonnament, elle avait retrouvé dans ce verre de vin la vitalité que le travail lui avait prise et me proposa d'aller dans un bar, le dernier ouvert de toute la vieille ville. Elle m'offrit un cocktail, puis deux et finalement entièrement ivres, nous sommes partis au bord du lac. J'ai commencé à refaire le monde au bout d'une jetée où l'air frais nous balayait et les étoiles nous couvraient de rêveries et de petits vœux auxquels personne n'est censé croire, mais en lesquels nombreux placent un brin d'espoir momentané.

Et l'heure du corps se présenta, lorsque, à force d'ivresse, plus personne ne savait qui avait gagné le match de la retenue. L'heure où les lèvres étaient chaleur dans ces alentours qui ne formaient qu'une belle hostilité, ce dehors qu'à tort les êtres nomment nature, le bois duquel nous étions tous faits. Et vint la marche, d'abord main dans la main, et bras dessus bras dessous, et pauses d'embrassades, et « Tu veux vraiment voir comment c'est chez moi ? Alors, bienvenue. »

Ne pas brûler les chandelles par le milieu non plus, non, encore boire un dernier verre de bière et un réveil de schnaps. Croiser la Brook qui ne veut pas voler un beau moment, se planque... et son chien qui ne comprend pas ou qui comprend tout, qui veut des caresses puisque l'air en est rempli. Il les reçoit, on est emplis de douceur, pétris de tendresse, à l'infini, alors il n'y a pas de nuit, ou plutôt pas de sommeil.

Il n'y a plus que des corps lents et chauds, des morceaux de peau qu'on touche et dont on nomme l'histoire à tâtons, sans savoir comment cette cicatrice sera comprise, comment ce tatouage sera apprécié. Il y a tous ces morceaux de tissu magnifiques qu'on a choisis sinon avec soin, au moins avec attention. La dentelle qui renforce une courbe, l'élasthanne qui habille un virage de chair. Un monticule de peau particulièrement sensible qui, à la différence des friandises, ne fond pas, mais grandit. Un sein dont le sommet durcit dans la fraîcheur de la pièce et dont on se nourrit avec douceur. Une main qui trouve toutes les prises, comme dans une voie d'escalade. Un flou qui tournoie jusqu'à ce que toute géographie anatomique se perde et que les corps s'avancent à tâtons, d'abord dans le noir, puis avec une lueur de bougie parce que c'est plus joli. Et les angles les plus improbables deviennent érogènes, les aisselles, le haut des fesses, tout se mêle, est humide, est ensemble, est une seule et même chair, un mouvement d'amour, très fort, deux corps se trouvent.

Il existe des réveils pleins de rondeur, harmonieux. Celui-ci était bourdonnant de gueule de bois, sans être chaotique. Il était là, ce monde qui passait par la fente des paupières, des yeux qui lentement se décollaient, des bras mêlés, un bonheur simple et disgracieux, lourdeur des corps encore alcoolisés, gueule ligneuse surpassée par une profonde volonté de tendresse où les mains tremblotaient et essayaient de saisir la suite de l'existence. Pour l'instant, tout était flou, il était possible de sourire plus que de parler. Quelques mots s'imposaient tout de même, un lieu commun « je vais chercher un petit déjeuner ».

Les pas sur un trottoir mille fois traversé étaient aujourd'hui comme neufs, comme un pays étranger ou comme les vacances lorsqu'on est enfant. Les chiffres de la boulangerie semblaient superficiels, il fallait de bonnes choses, assez et de tout, de la joie. Il fallait créer un petit monde qui serait bon, qui serait comme un petit matin d'hôtel. Comme une vie superbe où jamais rien ne manquerait, ni croissants, ni confiture, ni beurre, ni tresse fraîche.

Retour vers la maison avec un petit doute, est-ce qu'elle serait encore là ? J'avais déjà expérimenté des disparitions… Commencer par allumer un feu dans la cuisine et placer l'italienne sur la plaque, s'approcher du doute, poussée d'adrénaline devant la porte de ma chambre, puis me réjouir parce que Tessy était là comme le premier merle du printemps.

Se glisser sous le drap chaud, en espérant que mon petit logis, sans la couverture des ténèbres, ne fasse pas fuir la créature précieuse venue réchauffer ce refuge. Cette tanière qui avait surtout connu une carcasse solitaire. Entendre le réveil du café qui monte, son et odeur qui mènent à la cuisine tiède, au bruit de l'emballage de la boulangerie, à ce beau regard rougi de lendemain de veille, à ce retour au lit, car ce n'est pas la matinée des paroles, mais celle des dialogues entre les corps qui se sont trouvés.

Les jours passaient et je me demandais si l'amour rendait un peu stupide. Si c'était le cas, je me laissais volontiers aller à cette délicieuse idiotie, c'était bien plus agréable que la froideur sérieuse de la vie précédant cette nuit. Finalement, peu de choses avaient changé, seulement une petite impression de partage qui s'était installée. En fait, hors de ma tête, et va savoir, peut-être celle de Tessy, rien n'avait changé.

Dans l'immédiat, c'était le quotidien de clope et de vue sur le dentier du patron qui reprenait. Un chouette déménagement où il n'y a « rien grand-chose ». Le client était un type très sec du corps avec des lunettes design et une chemise bon marché repassée avec zèle. Il voulait faire déplacer un appartement où se tenait une fille qui était probablement une professionnelle. Le client, sous ses airs de Suisse allemand moyen, était probablement maquereau. Mais notre professionnalisme ne tolérait pas de jugement. Nous avons donc commencé à charger les meubles. Le patron commençait à allumer sérieusement la fille, sans grande finesse. Elle n'était pas blasée pour deux sous, non, elle jouait à son jeu de séduction moustachue. Heureusement que Bernie était là. Le patron nous a briefés, pendant une pause clope.

« Euh, les gars, si je disparais pendant un moment, vous continuez à bosser, comme normal, OK ? »
« Ouaip, gars, comme normal, je suis pas ton père. »

Là-dessus, il m'a fait une grimace. Ça faisait tellement longtemps qu'on bossait ensemble, qu'on se sauvait la mise à tour de rôle, qu'on ne pouvait pas être faux jeton, je lui disais finement ce que je pensais, il ne se retenait pas de faire de même. Et tant qu'il ne me refilerait pas d'augmentation, ne me laisserait pas négocier des prix honnêtes avec les clients, il se taperait ma franchise de grosse vache. Ce jour-là, il a passé plus de temps à faire des bisous à la dame et à commenter notre professionnalisme qu'à porter. C'était acceptable, c'était le chef, le seul qui avait le permis de conduire. Mais il n'a pas réussi à se taper la fille. Je crois qu'elle était habituée à des mecs plus rudes, plus froids, lui était trop gentil, on voyait encore derrière les ridules de son sourire le gamin qu'il avait été. Un jour, il y a longtemps, il a senti que c'était chouette de jouer avec ce bout de chair qui était entre ses jambes, mais dans la transition entre l'état de gamin et ce sacré travailleur qui aimait baiser comme un cochon, manquait quelque chose, du recul avec les conséquences, que sais-je… Manquait quelque chose.

Enfin voilà, nous avons vidé l'appartement jusqu'au dernier sofa, celui-là ne sortait pas par la porte de cet appartement à la conception étrange. En fait, il y avait un puits de lumière au beau milieu de l'espace à vivre, celui-ci entouré de chambres. Il fallut ouvrir les fenêtres du puits et passer le sofa au-dessus de vingt mètres de vide. C'était une aventure, Bernie faisait des mouvements étranges, c'était son corps qui réclamait une bière. Mais tout s'est bien terminé. Bernie a eu sa bière, je la lui ai offerte. J'ai ensuite appelé Tessy pendant sa pause pour l'avertir que tout s'était bien déroulé, la pauvre bossait en équipe des trois-huit ; cette semaine, c'était seize heures à minuit.

J'ai eu deux jours de break avant de partir pour Art on Ice. Oh bordel, je me suis rendu compte sur le moment de la mouise qu'étaient les boulots de nuit. Tu ne sais pas quand aller dormir, tu ne sais pas quand manger, tu ne sais pas quand il serait bon de faire l'apéro… Finalement, je n'avais presque pas vécu ce jour-là. Je m'étais levé à neuf heures, j'avais fait un peu de ménage, je m'étais couché vers quatorze heures, je n'avais pas vraiment réussi à dormir. Une pote comédienne crève-la-faim était venue me chercher, elle gagnait du fric pour conduire, une misère au kilomètre, mais comme elle était hyperactive, ce type de boulot à rallonge lui convenait bien… Elle avait démarré, avait fait une cinquantaine de kilomètres jusqu'à Berne pour charger du monde, puis départ pour la patinoire de Lausanne.

Arrivés, il fallait attendre les camions. « Ah, ben, quand est-ce qu'ils arrivent, ces camions ? » Personne ne le savait, personne ne savait rien. Après une bonne heure d'attente dans une patinoire bien glaciale, les camions arrivèrent. C'était le chaos.

Les supérieurs allemands incapables de donner des ordres clairs, où va quoi, personne ne le savait, personne n'avait de travail. Ma capacité de portage était sous-utilisée. La cacophonie dura pendant une heure et après, c'était enfin la course. Bien, les corps se réchauffaient, avançaient dans cet espace énorme, vidant camion après camion, lampes, praticables, câbles, matériel en tout genre, ça se rassemblait en vue du montage. Cela ne dura pas long, tout fut disposé, quelques objets furent replacés et l'attente revint. Six heures que nous étions au travail, plus que quatre. On nous en avait fait attendre trois et le montage commençait, après de longues consultations des plans en compagnie des spécialistes d'outre-Rhin. Quand nous sommes arrivés au bout de la construction, il devait venir une deuxième salve de camions, dix heures que nous étions là. Une négociation s'entamait, deuxième service, si vous en êtes capables… Payé à moitié prix… Quoi ? Dix heures à deux cent cinquante francs et dix de plus à cent vingt-cinq ? Hors de question… Si on m'avait proposé un deuxième service au prix de base, j'aurais peut-être accepté, mais à moitié prix… On nous a menés au petit déjeuner à la cafétéria. Là, il se trouvait deux tables. Une pour les chefs allemands, une autre pour nous les hands, les petites mains. Lors du service, notre table reçut du café et du pain brun. Les chefs avaient du jus d'orange fraîchement pressé, des croissants, du beurre, de la confiture. « C'est dégueulasse, inacceptable. » Mais nous étions si fatigués… Il n'y eut qu'un gars de Biu, je savais qu'il habitait une roulotte, pour qui ce bordel était tellement intolérable qu'il passait par-dessus la fatigue. Et c'était beau, il gueulait, sèchement, argumentait sans pitié, jusqu'à ce que le déjeuner de la table des chefs allemands soit impossible à avaler, tant ils vivaient en pleine injustice et comprenaient, jusqu'à exiger que nous aussi, nous ayons un petit déjeuner comme eux. Et l'un d'eux, plus vieux que les autres, dit aussi qu'il fallait au moins deux caisses de bière pour notre retour en bagnole. Le soleil était déjà haut pendant que le paysage d'autoroute défilait.

Nous sommes revenus à Biu, après être repassés par Berne, le soleil commençait à être tiède, j'étais déphasé. Voilà à quoi ressemblerait une partie de l'été, si ceux qui devaient juger mon travail de cette nuit consentaient à m'engager pour un festival.

Est-ce que j'avais vraiment envie de ça ? Franchement, vu mon état général, j'en doutais. La question était plutôt : avais-je le choix ? Y avait-il des alternatives ? Peut-être, j'avais bien vu des postes de nettoyage de hard-discounters allemands… C'étaient les seules offres d'emploi pour lesquelles j'avais les compétences exigées. Heureusement que le printemps était venu, ce type de pensées lorsqu'elles me traversent en hiver me plongent dans une piscine d'eau noire et glaciale pour plusieurs jours. J'aurais aimé plus de dignité et un peu de rêve.

Y en a qui rêvent de vacances au ski. Y en a qui rêvent de bagnoles. Y en a qui rêvent des Tropiques. Y en a qui rêvent de bicoques. Y en a qui rêvent de carrière. Et moi, j'ai tiré le ticket qui fait seulement rêver de ne pas avoir d'emmerdes supplémentaires.

Brook a déboulé d'une humeur très joyeuse dans la cuisine, ce qui m'a tiré de cet instant de mornes réflexions. Je lui avais refilé l'herbe du gitan et elle l'avait vendue en échange d'une petite commission, j'ai soudain compris toute l'ampleur de l'expression « argent facile ». Elle a déposé les billets sur la table, six billets bleus, l'équivalent de trois jours de travail, hop comme ça, magnifiquement tombés du ciel. Autant d'argent que je n'en avais pas souvent eu sans rien fiche. J'ai réfléchi quelques instants et j'ai pris la direction de la Poste pour déposer cinq des six billets. C'était la première fois que je faisais ça. Dans un instant d'euphorie, j'ai songé à m'inviter chez mes parents que je n'avais pas vus depuis longtemps. J'avais les moyens de payer le billet de train pour me rendre chez eux et cela faisait presque une année que j'avais rompu tout contact avec eux. Ma mère fut très surprise d'entendre ma voix, bien qu'elle m'envoyât une bénédiction divine par téléphone, chose qui me fit me souvenir clairement des raisons de la distance que j'entretenais.

J'avais coupé tout contact parce que Dieu intervenait toujours dans nos dialogues et leur façon de se planquer derrière me mettait hors de moi. Ma journée s'est poursuivie simplement, je suis allé faire une promenade en forêt avec l'espoir de trouver un lieu où planter de l'herbe.

Mes vieux m'avaient proposé de passer dimanche « après le culte, sauf si tu veux venir avec nous, il y a beaucoup de jeunes dans la communauté ces derniers temps et un nouveau pasteur noir qui te plairait beaucoup ». J'irais après le culte, en espérant qu'il n'y ait pas trop d'amis et encore moins de pasteur à la maison, venus manger des biscuits et boire des sodas après l'office. Lorsque je suis arrivé et comme ils en avaient l'habitude, mes parents m'ont observé de la tête aux pieds, comme s'ils cherchaient un cafard dans mon accoutrement, un bouton qui aurait attesté d'une maladie sexuellement transmissible, ou que sais-je, une erreur visible donnant raison à leur théorie me concernant. Ils étaient persuadés que j'étais comme un Jésus au milieu des misérables, menant volontairement un chemin de croix sur un sentier où Satan se trouvait à chaque coin de rue. Ils pensaient que je vivais au milieu de créatures avec des seringues plantées dans les bras et refusaient catégoriquement de venir voir par peur de ce qu'ils pourraient découvrir.

Ma mère m'a directement demandé si j'avais enfin décidé de changer de voie et de reprendre le bon chemin. En effet, mes vieux voulaient absolument me payer une formation dans une université chrétienne où « l'on enseigne une vraie lecture de la Bible et ne côtoie que des gens bien ». Cela me rendait dingue, j'aurais bien voulu étudier, mais cette proposition s'apparentait à une promotion pour un lavage de cerveau à l'acide sulfurique. Après l'école, comme je n'avais pas de place de formation, mes parents m'avaient envoyé dans une ferme de bons croyants en Allemagne pour « faire un stage culturel ». Tu parles, ils produisaient de la viande pour la plus grande chaîne de fast-food du monde tout en étant persuadés de porter la parole divine sur terre. Le mot « formation » me rappelait toujours à cette ferme où les vaches étaient mes meilleures amies et les seuls êtres avec qui j'avais des débats intéressants.

J'ai fait l'erreur de parler de Tessy, et mon père a directement répondu « à quand le mariage ? » et « attention à ne pas avoir d'enfant illégitime ». Je me suis recroquevillé sur mon verre du sang du Christ et j'ai mangé une grosse bouchée de purée de pommes de terre. J'ai tout de même pris le risque de reposer la question des formations, mais ils refusaient catégoriquement de « sponsoriser la propagation du mensonge commun », autrement dit, de me soutenir pour une formation n'étant pas estampillée « chrétienne ». Mon père attestait que le choix était large, qu'il y avait de beaux métiers à apprendre dans des cadres très ouverts, les réseaux qu'ils avaient me prendraient tout de suite. J'avais la nausée. Je commençais à voir le tombeau de Jésus dans le monticule de purée de pommes de terre, un morceau de ragoût était la pierre qui devait reboucher le tout…

« Tu es certain que ça va bien, fils ? »
« Ouais, j'ai trop mangé, faut que j'aille prendre l'air frais et que je me rentre. »
« Mais, tu ne veux pas de dessert ? Nous avons acheté de bons biscuits à la vente de l'église. »
« Non, ça m'a fait plaisir de vous voir, on se redonne des nouvelles un de ces quatre. »
« Bon, bien, alors : Notre Seigneur qui êtes aux cieux, merci de ce repas en famille, puissiez-vous pourvoir la nourriture à ceux qui en manquent, accompagner les souffrants de ce monde et soutenir notre fils, dans ses projets, dans sa bonne santé, ain-

si que l'amener sur votre chemin de sagesse. »
« Merci papa, merci maman, bel après-midi, je vous aime. »
« Sois béni, fils. »

C'était à la limite de me refiler une migraine. Ces ânes, ces bœufs, ils me dépitaient et malgré leur devoir de me payer une formation, car je n'avais pas encore vingt-cinq ans, je n'avais ni le cœur ni l'énergie de les traîner en justice. C'était probablement une considération éthique due à leur éducation, mais m'en prendre à mes propres géniteurs… C'était comme s'en prendre à la naïveté, à l'insouciance…

Je suis remonté dans le train, une feuille de chou gratuite traînait sur le siège. Comme la première page parlait de la fin de saison de hockey, je supposais que rien d'important ne s'était passé les derniers jours. Pendant ma lecture, je suis tombé sur un petit encadré qui mentionnait la mort de toutes les vaches d'un élevage biélorusse. Un abatage massif avait lieu dans la région alentour pour éviter qu'une vacherie encore non identifiée par les spécialistes ne se répande. Quelle guigne, comme si vivre sous un régime dictatorial ne suffisait pas. La Russie avait envoyé une équipe de scientifiques en renfort et embargo sur le bœuf biélorusse dans l'Union européenne et bla et bla. J'ai passé un coup de fil à Tessy, mais suis tombé sur sa messagerie. Mon téléphone a vibré, je pensais qu'elle m'avait réécrit, mais c'était un avertissement de mon opérateur stipulant que mon crédit prépayé était épuisé. Elle m'a rappelé plus tard, pendant sa pause, s'excusant de ne pas avoir donné de nouvelles.

« Oui, écoute, je crève d'envie de te voir, mais on me presse comme un citron, tu sais, j'ai qu'un contrat temporaire et faut qu'on fasse des heures sup. Ils ont viré du monde la semaine passée et augmenté nos heures, y z'ont aussi promis de garder les motivés alors j'essaie de sauver ma place. »
« T'inquiète, je comprends, c'est déjà super que tu me rappelles et que j'entende ta voix. Vas-y tranquille, je suis pas pressé. Oublie juste pas de prendre soin de toi… Et euh… Je… Pense fort à toi. »
« T'es trop chou, moi aussi je… Pense fort à toi. Ça me permet de tenir la cadence. »

Abruti que j'étais, j'ai failli lui dire « je t'aime », rien de plus effrayant pour une nana. Qui sait, peut-être que ça lui aurait plu… Non, c'était trop tôt.

Le téléphone a recommencé à vibrer, l'écran affichait « Patron », j'ai décroché et il m'a proposé de gagner cinquante francs pour dix minutes de travail. Il fallait sortir un piano d'une institution « que trois marches à descendre, c'est pas un gros… ». Je me suis demandé qui voulait faire déménager des pianos un dimanche fin d'après-midi. Mais j'ai réalisé que ce devait évidemment être le patron lui-même, qui avait trouvé un prétexte à l'occupation d'une fin de journée pluvieuse.

Une heure plus tard, nous avons soulevé le machin qui n'avait pas l'air gros, mais tapait les deux cent quatre-vingts kilos, à deux. Heureusement qu'il n'y avait que trois marches, parce qu'en descendant la première, mes jambes se sont mises à flageoler comme des feuilles de tremble sous la brise.

L'institution abritait des personnes en difficulté psychique. Un des patients nous regardait en produisant des mimiques étranges et en nous disant sans cesse « bravo, c'est bien, vous êtes forts en rangement, ça fera un pays bien propre pour habiter ». Le patron n'avait plus l'air très en forme lorsque nous avons pris le chemin de son entrepôt. Il n'aspirait presque pas sur sa cigarette qui se consumait seule entre ses doigts. Nous avons commencé à décharger, et il a perdu pied. Il est tombé et me regardait profondément surpris par son corps, avec une crainte dans les yeux, comme s'il allait mourir. Je me suis abaissé pour lui prendre son téléphone et appeler une ambulance, mais il a fait non de la tête et s'est redressé.

« Viens, on finit ça et après je vais me coucher, c'est pas grave, c'est rien, je viens, vieux, c'est tout. »
« Franchement, patron, je cautionne pas, tu devrais aller à l'hosto fissa. »
« Nan, nan, c'est rien grand-chose, tiens, tes cinquante balles et on n'en parle plus. »

Le lendemain, une de ses ex-femmes qui me connaissait m'a appelé. Le patron avait fait un second infarctus dans la nuit et se retrouvait sur le billard pour une opération à cœur ouvert. Ça m'a fichu un coup, parce qu'après une vie de boulot, il allait peut-être claquer, sans avoir eu de pause, de retraite, d'autre loisir que de travailler et fumer des clopes. J'avais conscience que c'était aussi la fin probable du travail en sa compagnie, mais c'était accessoire. J'ai passé la journée à me ronger les sangs pour lui.

Tessy avait enfin un petit moment de libre à partager. Elle semblait fatiguée, mais lorsque j'ai enlevé mes chaussures en entrant chez elle, elle a directement commencé à me déshabiller, cela de façon plus bestiale que la dernière fois. Elle a probablement dépensé toute l'énergie qui lui restait jusqu'à finir par souffler dans mon oreille pendant un long moment. Cette chaude respiration était parfaite, tout son corps sentait le lait hydratant pour bébés. Elle était entièrement rasée, ce qui, je lui avais dit, n'était pas nécessaire à mes yeux, mais c'était sa façon de montrer ses préparatifs pour m'accueillir, cela me touchait. J'ai cuisiné de simples crêpes et nous avons regardé un film, nous n'avons pas vraiment compris l'intrigue, nous étions ensemble, nous étions ailleurs.

Le lendemain matin, je lui ai demandé si elle voulait m'accompagner en week-end, lorsqu'elle en aurait le temps et l'envie. Je lui ai promis un chouette cadre, une petite aventure non loin, un plan surprise. L'idée semblait la séduire, mais il fallait qu'elle regarde au boulot. J'ai appelé Luca en sortant de chez elle et l'ai supplié de me prêter un des deux chalets appartenant à sa famille.

« Pas de problèmes, de toute façon, les parents viennent vieux, ils y vont plus vraiment, ça fera du bien à la bicoque… Écoute, je te propose le petit, celui qu'est au milieu des champs au Mont-Crosin, ça devrait vous suffire, idéal pour être proches et vous tenir chaud… »

Le temps a passé très rapidement jusqu'à ce week-end. C'était enfin l'occasion de ne pas se voir qu'en coup de vent. J'ai soudain pensé aux victuailles nécessaires pour notre sortie, j'avais dit que j'allais m'occuper de tout, mais je n'avais presque rien à la maison et poser un billet bleu pour un seul week-end exploserait totalement mon budget. Un supermarché dont je savais l'entrée sans portique me revint à l'esprit. Ma stratégie était la suivante : avoir l'air d'un personnage lambda. Je m'y rendis, déambulant avec ma liste, commençant par les produits situés les plus proches de la caisse, puis m'éloignai, petit à petit, finissant mes courses par les légumes vers l'entrée. Pour avoir l'air encore plus normal, j'ai posé une question à un vendeur. Mon panier rempli, une caisse de bière sous le bras, j'ai attendu que l'employé se remette à remplir un cageot de salade pommée pour m'éclipser dans son dos. C'était quelque chose, avoir l'air très calme, peut-être même donner l'impression que l'on songe au produit qu'on aurait oublié en jetant un œil à sa liste de courses, alors que l'on est rempli par un bouillonnement d'adrénaline terrible. Suffirait d'un vendeur, d'un agent de sécurité, d'un inspecteur en civil, d'une caméra, suffirait de si peu pour se faire avoir… Mais je suis sorti, gardant mon calme, jusqu'au bas d'un immeuble où j'ai fourré les courses du panier au sac.

Le chemin du retour semblait très long, les passants suspicieux me dévisageaient, l'attente à l'unique feu rouge d'un passage pour piétons était effrayante, car une voiture de police s'y trouvait. À force de fixer les agents, je me suis repris en main et leur ai adressé un signe de tête qu'ils m'ont rendu avec froideur. Rentré chez moi, j'avais l'impression d'être un bandit de grand chemin.

Tessy, lorsque nous sommes montés dans le train, semblait empruntée. Je lui ai demandé pourquoi, elle m'a répondu qu'elle m'expliquerait ce soir, autour d'un verre de rouge, que je ne devais pas me faire de soucis, mais le concept de chalet lui rappelait « des souvenirs un peu douloureux ». Mon cerveau a vadrouillé dans des recoins sombres… Merde, j'espérais qu'elle n'avait pas subi d'abus dans une cabane… J'avais beau réfléchir, je ne voyais pas beaucoup d'autres options laissant un souvenir amer dans un pareil lieu.

Nous avons farfouillé un moment pour trouver la petite bicoque bien cachée entre les sapins. La clé était planquée sous un pot de fleurs retourné, il y avait des bûches de sapin déjà fait, Tessy a pris l'initiative et allumé un feu en quelques secondes, cette fille était une merveille. J'avais pris de quoi réaliser un pot-au-feu, pour nous laisser du temps pour parler pendant la cuisson. J'ai ouvert une bouteille de bière pour l'apéro et l'ai encouragée à raconter cette histoire de chalet. Elle a soupiré et dit que « c'était assez long, si je voulais tout savoir ».

2

Tessy assise, frottait l'auréole écarlate que formait le vin sous le pied du verre estampillé *Fête de lutte Tramelan 1978*, elle semblait songeuse. Nous avons commencé à éplucher les légumes et je l'ai encouragé à m'expliquer ce qui la tracassait.

« Bon alors voilà, je vais pas te refaire mon enfance, mais je reviens à y a environ deux ans. J'avais galéré pour trouver du taf, après l'école de com que j'ai faite à Biu. J'avais fini par chercher n'importe quoi, un truc qui paie, tu vois, mon chômage se finissait bientôt. Ça faisait un moment que j'étais inscrite dans une boîte de temporaire, jusqu'ici ils m'avaient refilé que des trucs d'un jour, genre service pendant une fête des employés de Rolex. Mais ils m'ont contactée en me disant qu'y avait du job dans une boîte de produits carnés, pas loin de la ville. Je ne pouvais pas faire la fine bouche.

Je m'souviens encore du dégoût du premier et unique jour de formation express. L'odeur de l'atelier de boucherie était d'une fraîcheur épaisse et donnait l'impression d'imprégner des particules sur la blouse blanche et les cloisons nasales. J'avais mes règles, ça me refilait la nausée, j'avais un peu la gerbe.

Dans la salle de pause vers laquelle la secrétaire m'avait orientée, un mec dodu, le Jérôme, m'avait saluée avec gentillesse. C'était mon formateur. J'avais bu un café pendant qu'il me décrivait les cadences, les points sensibles du petit chef. Il avait avalé quatre cervelas crus couverts de moutarde Thomy en reluquant ma carrure pour finir par dire que j'allais avoir des courbatures les premiers jours, mais que si je mangeais bien, je prendrais du muscle. Je me souviens qu'il avait fait rouler son biceps avec fierté où une croix suisse délavée était tatouée, y avait pas d'ambiguïté dans son geste, pas de tentative planquée de drague, j'étais en confiance, tu vois. Il m'avait montré les mouvements que j'aurais à faire pour ma première mission. J'avais peur que ce soit trop technique.

Ça commençait par des règles d'hygiène, désinfection de la place de travail, aiguiser les lames, quel couteau pour quelle action. Ensuite, c'était facile, je devais détacher des côtelettes. Je recevais une demi-cage thoracique de cochon, il fallait scier une face, puis détacher les côtes pièce par pièce. Au début, ça me filait des remontées acides. J'ai fait les mêmes mouvements pendant trois semaines. Et j'avais eu des courbatures, mais c'est vrai que les muscles gonflaient, j'avais déjà pété deux trois trucs de mon appart' en les en les chopant trop brusquement.

Le soir, je me demandais souvent si j'étais à ma place, ce que je foutais, je me demandais à quoi ça rimait, je me demandais si c'était possible d'avoir un projet, un truc en plus de mon gagne-pain. Je savais pas dans quelle direction chercher.

Ce soir-là, comme je pédalais dans le yaourt, j'ai utilisé ma stratégie de sauvetage. J'ai appelé la frangine en allumant une cigarette et en me coulant un verre d'une bouteille de Pinot que j'avais ouverte pour faire la cuisine. Je me souviens bien de cette vinasse qui sentait le Madère, mais j'avais pas l'énergie de ressortir, j'ai avalé une gorgée sans respirer. La frangine, c'était à mes yeux la chanceuse, celle qui faisait toujours juste du premier coup. Elle avait jamais quitté le village au Jura où on a grandi. Elle avait un mi-temps comme prof d'école enfantine, deux gosses, une petite bicoque avec un chouette jardin, un chat qui s'appelle Gribouille. Elle avait ce truc stable, tu vois ? Quelque part, ça me faisait envie, quelque part je trouvais ça dégueulasse, un plan de vieux… On avait causé quelques dizaines de minutes en parlant des parents à la retraite qui vivaient dans le Sud de l'Espagne. Pis, elle avait conclu que soit je devais partir pour un long voyage sac au dos, soit fallait que je fasse des gosses. Je préférais franchement la première idée, surtout que les siens braillaient derrière elle.

Mais bon, je continue avec l'atelier pour pas trop me perdre en détails… Au boulot, y avait généralement une radio pop régionale suisse allemande. Les rares moments où ça jazzait me permettaient d'apprendre un peu cette langue pour laquelle je suis pas bonne. Ce que je préférais, c'était le commentaire des matches de hockey du soir. Sinon, dans l'atelier, on préparait de tout, on faisait de la sous-traitance pour une grande marque qui livrait seulement des supermarchés.

À part les premières trois semaines à couper du cochon, j'avais aussi eu coupé des vaches, pis des fois des petites bêtes, surtout des lapins. Après six mois, je commençais à tout savoir bouchoyer. C'était pas le meilleur boulot, mais après mes quasi deux ans de chômage et les quatre-vingt-sept refus que j'avais reçus en postulant comme employée de com, ça faisait du bien d'avoir quelque chose pour faire bouillir la marmite. En fait, tu vois je suis à peine bilingue à l'oral et sur le marché de Biu, ça intéresse personne. »

Tessy me resservit du vin, elle remplit aussi son verre puis me fit un bec sur la bouche. Je me suis relevé pour aller mettre du sapin dans le poêlon. Mon front chauffait, je ne savais pas si c'était dû au pinard ou à la chaleur du poêle. Une chouette hululait non loin.

« Bordel, Tessy, pas facile la vie à Biu, je l'ai pas eue meilleure que toi. En tout cas, je suis bien content de t'avoir rencontrée, peut-être qu'ensemble… On pourrait s'en sortir mieux… Bon, j'arrête de te couper… »

« Ouais ben, c'est que le début, attends, j'en étais où ? Ah ouais, le boulot. Pendant ces premiers mois, il y avait eu quelques vagues. Le petit chef avait un lèche-bottes de service. Un pauvre petit jeune qui, comme le petit chef, en avait après mon cul, c'est pas facile d'être une fille dans une boîte de mecs... Ils ont passé un certain temps à calculer un angle d'attaque avant de tenter des approches. Le petit jeune est passé à l'action en premier. Ça n'a pas pris une semaine pour qu'il se fasse foutre à la porte. Lui avait l'excuse d'avoir les hormones en pagaille. Le petit chef, lui, marié et cinquantenaire, faisait des blagues salaces et me proposait des apéros particuliers. Il fallait que je garde mon boulot, je le laissais garder ses idées. Pour l'instant, ça semblait lui suffire de rêvasser.

Heureusement j'avais, par hasard, obtenu un bonus. Après les premiers mois, y a eu une semaine où la secrétaire avait chopé une pneumonie, je m'occupais d'aller chercher le courrier et de le trier pour traiter les urgences. Une facture de la carte de crédit de l'entreprise était arrivée au nom du petit chef, envoyée par un bordel bien connu de Biu. Le Schloss, tu vois lequel ? Je lui avais apportée en mains propres. Il avait fait mine de rien, mais savait que cela ne passerait pas auprès des supérieurs et sûrement pas auprès de sa femme si je balançais. Le petit chef, c'était un gars qu'aimait être bien vu, porter des cravates de soie, il en avait une sacrée collec', sinon y payait le vin blanc suisse des vendredis et il essayait de faire des witz nuls à chier avec les autres employés.

Comme la boîte tournait bien, j'espérais choper une place en fixe aussi tôt que possible et rayer au moins une de mes incertitudes. Enfin, tu sais comment c'est, quand t'es pas sûr de pouvoir payer ton loyer et tes assurances… Depuis que je travaillais là, il me restait pas énormément de temps libre, j'allais au bar où on s'est rencontrés… J'avais, désolée de te le dire, des aventures, faisais un minimum de sport pour pas choper trop de cul. Je commençais à avoir des bras et des michelins au ventre. C'est vrai que depuis ce boulot, je mange de la viande presque tous les jours, on a souvent des restes gratos en fait…

Mais voilà, je me réjouissais d'avoir mes vacances que j'avais pu mettre bout à bout et rallonger de deux semaines pas payées. Y avait un temps creux de l'entreprise, le milieu du printemps. Fallait que je sois de retour début juin pour la période du grill qui s'étendait sur tout l'été. Je rêvais d'aller faire un long voyage en Finlande. Quelque part au fond de moi, je voulais y rencontrer un garçon et le tempérament froid des Nordiques, comme on me l'avait décrit, l'opposé du Méditerranéen à grande gueule. Une copine de ma mère m'avait parlé des bals d'été où y avait pas de drague… Les hommes et les femmes voulaient trouver les meilleurs danseurs pour partager un instant, cela sans différence d'âge, sans regarder la tronche du partenaire… Jusque-là ça va ? Je te saoule pas ? Tu t'endors pas ? »

« Nan, ben, chais pas, ça me fait plaisir que tu me racontes tout ça, je savais rien grand-chose de toi jusque-là… »

« Ben, faut commencer sur de bonnes bases, et oui j'ai décidé de te faire confiance, gros, si tu savais comme ça me fait plaisir de te raconter ça, et en général de voir que t'es stable, que tu changes pas d'avis tous les jours, que tu fais pas des discussions qui sautent du coq à l'âne, que tu sois juste quelqu'un de normal, quoi… »

« Ahah, ça faisait un moment que plus personne m'avait appelé gros. Allez, continue à raconter s'il te plaît… »

« OK, alors bon, c'est peut-être le moment le plus agréable… Tu me dis si ça te fait péter les plombs d'entendre parler d'autres mecs, hein ? »

Le jour était venu et j'avais pris mon avion sans réserver plus que deux nuits dans une auberge d'Helsinki. Dans mon sac, j'avais pris de quoi dormir dehors et j'avais assez d'argent pour m'en sortir, quoi qu'il arrive. Après que j'ai déposé mes affaires dans le casier du dortoir pour femmes, je suis partie me promener dans le port. Des navettes revenaient de Tallinn en Estonie. Lorsque les voyageurs débarquaient, y en avait beaucoup qui rapportaient des monstres cargaisons de gnôle, certains passagers étaient bourrés. J'observais tout ça jusqu'à ce qu'un jeune gars m'interpelle en anglais. Ça m'a contrariée, puisque j'étais là pour éviter ce genre de rencontres. On n'arrivait pas bien à causer, mon anglais avait pas été rafraîchi depuis l'école. Mais bon, le mec revenait aussi de Tallinn. Je lui ai demandé s'il transportait aussi une grande quantité de booze, il a hoché avec un sourire en coin et a dit que c'était pour un petit bar rock dans lequel il se rendait à l'instant et j'étais bienvenue pour y partager une bière. Je n'avais rien de plus à perdre qu'un peu de temps et le mec semblait tout sauf menaçant.

Au Tavastia Club, les assiettes avaient l'air correctes pour la Finlande, parce qu'on m'avait dit qu'on y bouffait comme de la merde. Y avait aussi une salle de concert. La bière normale, c'était de la pisse. Si t'y vas une fois, bois de la bière d'export… Le bar ressemblait à tous les pseudos-bars irlandais qu'on voit à Bruxelles, à Prague, à Barcelone, un peu tous les mêmes.

Keimo, le gars qui m'avait abordée, a passé un certain temps à discuter avant de retourner chercher la cargaison dans sa voiture, je supposais qu'il déchargeait les boissons par l'entrée de service. Il est revenu après. On a commencé à parler et comme une conne, j'ai commencé par une question très suisse. *What you do in life?* Il a répondu *I'm a tired man*. J'ai souri, pas certaine d'avoir compris ce qu'il voulait dire. La phrase semblait claire « je suis un homme fatigué ». Il a repris, expliquant qu'il était marin, revenait d'un contrat de trois mois de *money making* sans avoir beaucoup dormi et repartait demain jusqu'en Laponie dans une cabane héritée de son grand-père où il habitait. Là-bas, il chassait et cueillait, pêchait et espérait qu'un autre contrat viendrait pour repartir en mer. Ses activités à la cabane n'étaient pas un loisir, mais une façon de survivre dans le *poor landscape with no work to offer* qu'il m'avait expliqué.

On en était à la quatrième bière, je lui ai demandé si je pouvais le suivre pour découvrir la Laponie. Il a dit qu'on verrait combien il lui resterait de place après avoir fait les courses le lendemain. Malgré sa spontanéité dans le port, sa façon de réfléchir semblait un peu froide, technique. J'ai fait d'accord, rendez-vous au port demain, j'ai payé toutes les bières pour montrer que j'étais pas une arnaqueuse. Il m'a regardée et m'a fait : *night Southern women*, je n'ai pas su si c'était dû au fait que j'aie payé, ce « femme du Sud »... J'ai mangé un hot-dog avec de la salade de pommes de terre dessus en chemin, c'était bon, puis j'ai rejoint le dortoir. Avant que je m'endorme, j'ai entendu deux femmes baiser et je me suis souvenue que cela faisait un moment que cela ne m'était pas arrivé. Voilà, je t'avoue, j'étais ultra en manque... Je me suis demandé si le Keimo était un plan. Bien sûr que c'en était un, quelle meuf s'en va en direction du milieu de nulle part avec un inconnu sans que cette idée passe par sa tête ? Peut-être que j'ai les idées mal placées, ké ouais ? Va savoir, gros.

Pendant la nuit, après avoir rêvé de m'être paumée au milieu de nulle part jusqu'à trouver une cabane habitée par un vieil homme gentil, mais physiquement dégueu, je suis revenue sur mon idée. Y a bien des cas où l'on se retrouve au milieu de nulle part, sans envie de s'envoyer en l'air avec la seule personne qui est là, merci hémisphère gauche. »

C'est vrai que d'habitude, si une nana qui m'attirait me parlait de mecs, si ça me mettait pas en rogne, ça lançait un truc étrange dans mon estomac. Mais Tessy semblait pas avoir raconté tout ça à qui que ce soit. C'était un vrai moulin à paroles, enfin, plutôt un barrage rompu. Je me disais que ça avait dû rester enfermé trop longtemps dedans. Finalement, si le boulot de petit copain, c'était d'écouter une histoire, de l'intégrer, ça m'allait. Le vin était terminé, j'ai ouvert une bière, Tessy aussi. La cannette a fait son pschit. Puis elle a repris.

« Je me suis gavée au buffet de l'auberge de jeunesse avec l'objectif de goûter un peu de tout. De la gaufre couverte de crème et de confiture, aux boulettes de viande, en passant par le hareng fumé. C'était vraiment hyper bon, ça a changé mon image de la cuisine nordique… J'ai décalé ma réservation pour une seconde nuit à la date précédant mon vol. Lorsque je me suis rendue au port, le Keimo avait compressé une quantité de courses phénoménale, on avait l'impression qu'il allait ouvrir une épicerie de campagne. J'ai été surprise en voyant qu'il s'était donné beaucoup de peine pour que j'arrive à m'asseoir, sac sur les genoux, rouleaux de papier toilette sous les guiboles. La voiture a démarré, il disait pas grand-chose, il avait des poches sous les yeux, *not so often in town and the car was too cold to sleep well.* Il avait probablement passé une nuit de marin dans un bar, puis avait tenté de somnoler sans beaucoup de succès. Dans un silence rarement interrompu, on a roulé longtemps, une dizaine d'heures jusqu'à Rovaniemi où on a avalé un sandwich triangulaire au lard et aux œufs qui était vraiment dégueulasse. Par instants, je laissais échapper une petite phrase, généralement concernant le paysage qui était trop beau. J'ai vu les premiers rennes de ma vie. Lui m'a raconté quelques petites anecdotes.

Soudain, il s'est mis à tirer la gueule et dit que son fils et son ex-femme habitaient une maison *right there* et qu'il n'avait pas de droit de visite. Il a affirmé que ça le rendait *crazy*, qu'il la haïssait, qu'il l'a frappée un jour de retour après des mois en mer, parce qu'il y avait un Russe dans son lit. Il a ajouté *Russki lost his teeth and one eye*. Il a accéléré et expliqué avec les larmes aux yeux que son arrière-grand-père était un des défenseurs des frontières en ski de fond. Qu'il eût été attaché nu à un arbre et laissé au gel par des Russes pendant la Seconde Guerre. On avait retrouvé des restes après le passage des corbeaux. Le Keimo, après deux ans de prison et la perte du droit de visite, s'était retiré dans ce qu'il lui restait, ce chalet. Ké ouais, son histoire, c'était pas du pipi de chat, t'imagines comment je pouvais me sentir…

Mais voilà, j'ai avalé ma salive bruyamment, il a arrêté la voiture, m'a regardée dans les yeux et m'a demandé si je voulais descendre. Moi, je l'ai serré dans mes bras en pleurant. Il avait le regard dur, les yeux rouges, mais j'avais toujours pas peur de lui. Il a dit que depuis, il n'avait pas pu avoir son fils au téléphone et encore moins le voir. Son avocate lui envoyait parfois une photo, lui devait payer une pension conséquente, avait des dettes à cause des frais de justice et envoyait parfois un peu d'argent à la famille du Russe, question d'avoir bonne conscience. *Consequences of beeing alive.*

À ce moment, je m'étais dit, je pourrais lui redonner un peu d'espoir, c'était peut-être con. On a quitté une route du milieu de nulle part au crépuscule et on a pris un chemin de terre pendant une petite heure pour enfin arriver à sa cabane. C'était joli et à l'ancienne, un peu comme ici. Il avait allumé un feu et mis des œufs dans une poêle en fonte. Y avait qu'une pièce, deux fusils au mur, trois cannes à pêche, un quad et une remorque étaient placés devant la bicoque. J'avais qu'une envie, le serrer dans mes bras, encore et encore, comme si j'avais le pouvoir, à force de tendresse, d'extraire toute la merde qu'il abritait. Il avait l'air d'apprécier, mais quelque chose semblait ne pas réussir à péter la glace, genre on voyait au fond de lui, mais c'était pas possible de traverser.

De bon matin, il s'est levé pour alimenter le feu. Une toundra magnifique s'étendait tout autour du chalet. Il a mis du lard à griller et il est sorti faire un tour d'inspection. Rien ne semblait être endommagé, sauf le cabanon des déchets dont un ours avait forcé la porte. Il n'y restait rien, sauf des odeurs. Mais au réveil suivant l'hibernation, le plantigrade avait rêvé faire bombance. L'odeur du cabanon ressemblait à celle des poubelles de la boucherie avant le ramassage.

L'épais morceau de lard avalé, il m'a demandé si je savais tirer. J'ai répondu que je savais bouchoyer. Il m'a montré comment fonctionnait une arme, je flippais un peu. La théorie s'est terminée par cinq tirs. Deux au fusil, trois à la carabine. Avec le fusil et la gerbe de grenaille, j'avais réussi du premier coup à toucher le morceau de bois qu'il avait lancé. Pour la carabine, c'était une autre histoire. Je devais tirer dans une souche à une cinquantaine de mètres, mon troisième coup a tapé juste à côté. Le 7 mm Remington tapait fort dans l'épaule, j'aurais certainement un bleu. On est partis en direction d'une colline au loin. Il m'a juste remis le fusil et expliqué que s'il me disait de tirer, il fallait que je le fasse, que mon arme était pour les petits animaux *birds and rabbits*. J'ai pensé que je n'avais pas d'autorisation ni de permis. Puis je me suis souvenue que nous étions nulle part, donc rien à secouer. D'instinct, j'orientais pas les canons dans sa direction, je laissais le canon basculant de l'arme ouvert, mais chargé de deux balles. Il m'a soudain dit de charger en fermant. Il montrait un tas de buissons à une centaine de mètres. Ses gestes m'indiquaient qu'il fallait approcher lentement et en silence. Arrivés à quarante mètres, il m'a fait avancer seule, j'ai senti un stress incroyable. Un mouvement dans le buisson et une sorte de lagopède s'est envolé, le tir a résonné, couvrant le *shoot* qu'il m'avait lancé. Et un deuxième oiseau a décollé, j'ai tiré le second coup. Il a volé de façon chaotique pour se retrouver à sautiller au sol, une aile brisée. *Go catch it*, a lancé Keimo. J'ai réussi à le rattraper dans une tourbière, j'étais pleine de boue, la créature se débattant dans mes mains. J'ai compris que je devais tuer avec les mains, les gestes du Keimo mimaient qu'il fallait lui casser le cou. L'oiseau s'accrochait à la vie, il m'a fallu m'y prendre à plusieurs reprises, il ne voulait pas crever. Le Keimo a pris une branche et l'a pétée sur sa jambe. J'ai compris qu'il fallait y aller plus sec, le cou a craqué et l'animal a eu une série de mouvements et *finito*. Keimo a fait un signe de tête, et on a continué la chasse.

Je me souviens de la lumière… La lumière rase qui portait les ombres incroyables des bouleaux nains sur plusieurs mètres, comme des fantômes dans un environnement sépia… On avançait avec le soleil dans le dos pour, je suppose, que les animaux soient éblouis s'ils venaient à regarder dans notre direction. Certaines questions que je me posais et que je n'arrivais pas à traduire disparaissaient au fond de moi et dans cette toundra au sol mou que je découvrais, pas après pas.

Trois heures plus tard, on est rentrés, on a vidé le gibier à plumes et suspendu ses carcasses pour que la viande ramollisse. Le Keimo a commencé à fendre, j'ai insisté pour l'aider, mais il a refusé. Il voulait un moment de solitude. Je suis rentrée lire le seul bouquin que j'avais emporté, un triple roman d'Agota Kristof. Il est rentré une heure après et c'était comme si j'existais pas, il a pris une radio qui se rechargeait à la manivelle, a tourné pendant un temps puis allumé sur un poste finlandais où il y avait peu de musique. Il s'est mis à couper des pommes de terre de façon machinale. Je n'existais que dans la quantité de nourriture qu'il préparait, il n'y avait pas de mot et encore moins de regard pour ma gueule. Je me suis demandé si cette attitude provenait des séjours en mer ou de l'hiver lapon. Là j'ai recommencé à bader, la crise est revenue et j'ai eu quelques poussées d'angoisse en pensant à la maison, la reprise du boulot.

Lorsque les patates rôtissaient, que leur odeur a commencé à remplir la cabane, il m'a regardée et m'a adressé quelque chose, un très petit sourire, me demandant si j'avais faim. Il a laissé échapper une phrase, marmonnement dont je n'ai pas tout capté, sauf ses troubles. J'ai répondu d'un hochement de tête, puis désigné une bouteille qui trônait sur une étagère. Il en a servi deux verres généreux en disant que c'était de l'aquavit vodka *with herbs, strong*. En avalant par petites gorgées, ses sourires sont devenus moins timides, l'angoisse qui m'habitait s'est envolée. Plus tard, dans le lit, je l'ai encore serré dans mes bras, il semblait apprécier, lâchant de petits grognements de satisfaction, mais ne partageait pas les siens.

Les jours se sont poursuivis avec le même genre de routines. J'avais l'impression que dans cet endroit isolé, chaque jour était le même, lent, agréable. Certains faits de pêche, d'autres de chasse, quelques fois un jour entier à faire du bois. J'avais maintenant le droit de fendre avec lui. Il restait des moments où je semblais devenir transparente à ses yeux, mais ils devenaient de plus en plus rares, comme s'il fallait que ma place s'imprime avec lenteur jusque dans les traces de l'assiette que j'utilisais pour bouffer. Vers la moitié de mon séjour, j'avais une envie maladive de tenter de lui faire l'amour. J'ai passé deux jours à ne penser qu'à cela, à comment, au fait que cela pourrait rompre notre parenthèse de partage. Était-ce stupide de ma part ? Est-ce que je ne l'attirais pas ? J'avais pourtant pas grand-chose à envier aux nombreuses Finlandaises que j'avais croisées, la moitié, c'est des camions. Je me demandais si le Keimo avait pas de libido. Je me suis fait un plan pour pousser mémé dans les orties, après un jour joyeux où on avait eu trois lièvres variables à la chasse. Je lui ai proposé d'aller boire de l'aquavit en se baignant nus à un étang *in two days, when the sun falls down*. Il m'a regardée avec de gros yeux, l'air surpris et tellement pris de cours qu'il a bégayé *y, y, y, yes, OK.* Je crois que l'idée l'a excité et le fait de dire dans deux jours permettait que son cerveau tourne un peu. Pendant ce temps, je me la suis joué, genre… La meuf sexy.»

Là, mon ventre commençait à faire son truc étrange, une énorme jalousie commençait à taper, pas aidée par la dose de picole que je m'étais envoyée. Fallait que je m'imagine que c'était moi, oui, Keimo, c'était moi et ça irait mieux, fallait prendre tout ça comme un jeu de rôle. Tessy a vu que je grinçais des dents.

«J'abuse un peu ou… Tu dis si ça te dérange, ké.»
«Nan, nan, pas de soucis, t'inquiète, coupe pas le suspense» dis-je avec un rictus simulant un sourire du mieux qu'il était possible.»
«Le jour est venu et mon propre plan m'a un peu stressée. Je me sentais comme artificielle dans ce cadre qui avait sa routine jusqu'ici agréable. Par chance, les éléments ont joué en ma faveur, j'avais pas prévu le froid qui m'a envahie dès que j'ai posé le pied sur le sol humide du bord de l'étang. Le Keimo semblait comme gêné et regardait au sol pendant qu'il enlevait son froc. Lorsqu'il se prépara à sauter dans l'eau et pour détendre l'atmosphère, j'ai hurlé «Keimo, *I'm so so cold, please give me something to drinkkkkk.*» Il est venu vers moi en me tendant la bouteille et j'ai bu à grosses gorgées, l'encouragent à faire de même. Il avait relevé les yeux et je lui ai dit qu'il devait regarder, que je voulais qu'il regarde, que je voulais qu'il touche. Son corps a parlé plus vite que sa bouche.»

Mon corps fit la même chose, victoire, victoire, j'étais devenue Keimo.

« Plusieurs jours après, faire l'amour était devenu une activité qui était entrée dans notre quotidien. Après un repas, nous avons glissé sur le thème des enfants. Lorsqu'on glisse, il arrive qu'on tombe.

Quelque chose semblait avoir ramené Keimo dans un monde terrible lorsque je lui ai dit que je prévoyais d'avoir des gosses, son regard a changé, une souffrance se promenait dans ses yeux. Le soir suivant cette discussion, nous avons encore fait l'amour, puis je lui ai demandé s'il viendrait un jour me rendre visite en Suisse. Il a dit que oui, il viendrait, mais on sentait que quelque chose le tracassait, son regard était fuyant, cherchait une fenêtre par laquelle regarder, cherchait tout, sauf un lien avec moi. Le lendemain, il était distant, on avait dormi dans le même lit, mais en regardant chacun dans sa direction, il sursautait chaque fois que mon dos effleurait le sien. Comme je devais repartir trois jours plus tard, j'ai essayé de le convaincre de passer du bon temps ensemble, simplement, de reprendre la routine des jours précédents. Il était cloîtré dans un mutisme profond qui me rendait folle. Il était simplement pas capable d'expliquer ce qui n'allait pas, transformer en mots, mettre à plat, dire ce qu'il pensait… À bout, après trois heures à espérer qu'il ouvre enfin sa bouche, regarde dans ma direction, je lui ai dit que je partais. J'ai fourré mes affaires dans mon sac à la hâte. Lui a continué à démonter une série de canards abattus deux jours plus tôt sans vraiment faire attention. J'ai emporté mes affaires et suis sortie de la cabane, furieuse, claquant la porte, mais gardant espoir qu'il me rattrape. Trois heures ont passé, j'étais assise sur le billot destiné à fendre du petit bois, lorsqu'il est sorti équipé pour partir en chasse, il m'a regardée réellement surpris. Il a demandé ce que je faisais encore là. Putain, je me suis jamais sentie aussi conne de ma life.

J'ai ravalé tout ce que j'arrivais à engloutir, tellement j'étais amère, je lui ai dit bêtement que j'attendais depuis trois heures qu'il me suive, qu'il me rattrape, qu'au moins, il me dise au revoir. Dans un hochement de tête, il m'a dit qu'il allait me ramener jusqu'à la prochaine station de bus, qu'il pouvait me payer la nuit dans une pension tenue par des gens qu'il connaissait, qu'il avait besoin d'être seul. J'ai dit que j'étais d'accord pour la route, je pouvais payer la chambre moi-même et que j'aimerais bien le serrer dans mes bras, lui dire au revoir, adieu peut-être, mais quelque chose d'autre que du silence.

J'ai compris, lorsque le quad a démarré, que s'il ne prenait pas la voiture, c'était pour s'économiser la parole. Au début, j'ai pleuré, les larmes chaudes étaient tirées vers l'arrière de mon visage, on roulait sans casque, son corps était rigide, la manette des gaz tirée à fond sur ce chemin de terre vibrant. À l'arrivée, je lui ai dit quelques phrases contenant des *thank you* et des *like you very much. Love* aurait été déplacé. J'ai serré son corps raide comme un soldat de plomb. Il est remonté sur la machine et cherchant quelque chose à dire, il a envoyé *let's meet in Switzerland* et il s'en est allé.

J'aurais volontiers espéré un message ou un mail, mais la cabane était loin de tout réseau. Il avait mes coordonnées, au mieux j'aurais une lettre.

Ce soir-là, à la table de la pension, une maison familiale, j'ai partagé quatre bouteilles de vin avec mes hôtes. C'était une famille, formée d'un adolescent de dix-sept ans et ses vieux, tous ont dû penser que j'étais gravement alcoolique, mais semblaient heureux que je les encourage à vider le seul carton de mauvais rouge californien qu'ils conservaient en vue des clients. J'en suis venue à leur expliquer mon aventure, et la mère de famille m'a répondu que la Laponie forgeait des caractères difficiles à comprendre pour les gens du Sud. Nous avons échangé nos contacts, promis de nous revoir. Peut-être reviendrais-je voir Keimo… L'adolescent de la famille a dit que c'était un brave type qui n'avait pas eu de chance dans la vie, mais qu'il était fiable, parfois ils pêchaient ensemble.

Le bus qui repartait pour Rovaniemi devait arriver, vers quatorze heures, je ne comprenais pas les horaires affichés, mais les gens de la pension m'avaient imprimé un billet et indiqué le départ. J'ai observé la lumière nordique, l'épaisse forêt qui entourait le village me rappelait mon enfance, à chasser des souris pour revendre les queues à des paysans, les mercredis après-midi de congé. J'ai repensé à cette idée d'enfants, si j'en avais un jour, ils ne grandiraient certainement pas en ville.

Le paysage est reparti en sens inverse, les villages se muaient en agglomérations plus fournies jusqu'à la ville. Elle disposait d'une petite gare où je suis montée dans un train lent où j'ai dormi pour digérer la soirée passée. Malgré les journées à rallonge, il faisait déjà nuit à l'arrivée dans la capitale. La permanence de l'auberge était ouverte, mais il n'y avait plus de place en dortoir. J'ai pris une chambre pour le reste de la nuit. Les formalités étaient rapides puisque j'avais déjà réservé. Ma tête a mouliné toute la nuit, si bien que je me suis endormie au lever du soleil et j'ai été secouée par l'homme de ménage qui tambourinait à la porte. J'avais raté le petit déjeuner, je suis donc allée traîner ma nostalgie de fin de vacances dans le port, puis dans un resto où j'ai profité de griller une partie des restes de mon budget vacances.

J'ai repris le boulot et la cadence de la période « Grill » était moins plaisante, mais il fallait tenir bon. Après un entretien avec le petit chef, j'ai appris que mon contrat temporaire était prolongé. Je savais que c'était à la limite de la légalité, mais la fatigue accumulée après deux semaines de reprise faisait que je n'avais pas le courage d'entamer une procédure. Je me réjouissais de mon verre de rouge, de mon lit, d'une série Netflix.

Les mois ont passé et le Keimo m'a enfin écrit. En relisant sa lettre plein de fois, j'avais enfin l'impression que la vie retrouvait du sens. Il ne passerait que trois jours avant de reprendre un avion pour embarquer sur un bateau à Marseille, mais c'était mieux que rien. Je voulais lui proposer de quitter mon travail et de l'accompagner une seconde fois en Laponie pour une période plus longue. Peut-être accepterait-il… C'était pour l'instant mon plan de vie le plus enviable.

À son arrivée, je suis allée le chercher à Bâle, il semblait joyeux, c'était le mois d'octobre, il faisait encore chaud. J'avais négocié sans problème trois jours de congé comme j'avais une pétée d'heures supplémentaires.

Il m'a embrassée en arrivant, ce qui m'a surprise. On a fait un petit tour dans la ville en mangeant du chocolat et des Läkerlis. Il disait avoir obtenu un bon contrat de six mois pour partir en mer et pourrait communiquer un peu plus régulièrement avec moi. Puis, il a ajouté qu'après un examen de routine destiné aux marins, on l'avait diagnostiqué un peu bipolaire, qu'il avait une médication et que depuis, tout lui semblait plus simple.

Les trois jours ont passé trop rapidement. Il me donnait l'impression d'être en couple depuis longtemps avec lui, attentionné, tendre, communicatif. Ma proposition de le rejoindre à la cabane l'an prochain l'a enchanté. À l'heure de prendre congé, je lui ai promis de télécharger une application pour apprendre les rudiments du finlandais, et la parenthèse joyeuse s'est terminée.

Pendant plusieurs jours, j'avais une énergie folle, le travail me semblait une formalité, je sortais courir après mes huit heures, même lorsque je revenais de nuit. Keimo s'était mis à m'écrire une fois par semaine, lorsque la connexion du bateau fonctionnait.

Un matin où je regardais négligemment mon agenda, j'ai remarqué que mes règles étaient en retard. Ce n'était pas la première fois que ça arrivait. J'ai tout de même subi une poussée d'angoisse, suivie d'une image d'enfant courant autour de la cabane lapone. Est-ce que les médicaments du Keimo l'avaient aussi fait changer de point de vue concernant les enfants ? Est-ce que je voulais d'un enfant avec lui ? L'idée a fait son chemin, j'attendrais une semaine et ferais un test. Je tremblais un peu, partagée entre la joie et la peur. La peur a pris le dessus, je suis allée consulter des argumentaires sur Internet pour convaincre les hommes de devenir pères. Tout ce que j'ai trouvé était vraiment stupide, on avait l'impression que c'était destiné à des abrutis assoiffés de voitures et de télévision. Avec cet agacement, j'avais oublié de partir au travail. J'étais tellement absorbée que je me suis coupée deux fois en bossant. Heureusement, rien de grave. Le Jérôme, me voyant partir vers l'armoire des sparadraps pour la seconde fois a envoyé « J'en connais une qui est amoureuse ». Le petit chef qui passait par-là a tiré la gueule et laissé échapper « Tu choperas pas du zenfant » avec son accent suisse allemand qui m'a donné envie de rétorquer « Ta gueule, sale Schleu », chose que je me suis évidemment retenue de faire.

Je me demandais s'il serait possible de ne pas être paumée en permanence. J'ai passé les jours précédant le test à réfléchir. J'avais l'option de ne rien dire à Keimo et d'avorter. J'avais l'option de lui dire et de discuter un choix commun. J'avais l'option de lui dire que je gardais l'enfant, quoi qu'il en pense. J'espérais l'option où le test de grossesse était négatif. J'ai arrêté de boire de l'alcool, au moins jusqu'au test, pour pouvoir réfléchir à tête claire et peut-être même pour prendre soin de ce qu'il pouvait y avoir dans mon ventre.

Les heures passées au travail semblaient interminables, mes règles n'étaient pas revenues, il faudrait définitivement faire un test. Après l'avoir acheté en pharmacie, j'ai constaté que pour qu'il soit efficace, il me fallait encore attendre deux jours. Un temps plein de cauchemars, j'avais de gros cernes, Jérôme m'apportait des friandises et ne posait pas de questions, mais on voyait qu'il éprouvait une profonde sympathie pour moi. Même le petit chef se tenait à distance de moi, comme si je l'effrayais. Et le jour du test est arrivé. »

« Et j'imagine que c'était positif… Tessy… »

Elle a commencé à pleurer en me serrant très fort dans ses bras. Je savais plus où me mettre, alors j'ai serré aussi, ça a duré une éternité, je sentais ses larmes couler le long de mon cou. Quelque chose me disait que c'était qu'une couche parmi d'autres. J'ai dit que j'allais faire du thé, elle m'a demandé s'il n'y avait pas une bouteille de schnaps. Sur une des étagères, une gentiane de 1996 était à deux tiers pleine. On a fait santé. Elle a repris.

« C'était pendant mon dimanche de congé. Et t'imagines juste, le résultat était positif. Mais c'était pas le pire. J'avais réfléchi et décidé que j'en parlerais de toute façon à Keimo. J'étais partie au bord du lac pour écrire un mail où j'expliquais la situation.

Le souci de l'histoire, c'était que j'avais pas d'abonnement avec le Net sur mon téléphone. J'avais passé trois heures à écrire sur ce clavier tactile qui me rendait encore plus malade que ce que j'étais déjà. J'ai mis envoyer en me disant que bon, advienne que pourra. Et quand je suis rentrée à la maison et que mon phone s'est connecté, j'ai reçu un mail de lui. Nos messages s'étaient croisés, mais je l'ai pas capté tout de suite. J'ai lu et il disait qu'il allait incroyablement bien depuis qu'il ne prenait plus ses médicaments, sinon que des banalités. Comme j'avais pas regardé l'heure d'arrivée du message, j'ai d'abord été déçue qu'il ne me réponde pas vraiment au plus gros truc qui m'arrivait de toute ma vie, puis j'ai pigé.

Après, plus un mot, plus rien pendant deux semaines, jamais autant stressé, c'était comme d'attendre les résultats d'un test pour une maladie grave.

J'avais vu quelque chose dans ma boîte de messages indésirables et j'avais pris ça comme une arnaque. Ça m'était pas revenu tout de suite, mais en regardant mieux… »

Tessy avait des larmes qui coulaient en quantité sur son visage. Je me faisais déjà un film, genre ce Keimo qui tournait complètement et lui répondait quelque chose d'absurde. Mais c'était pire, c'était comme dans un film ou dans un livre. Quand elle a continué à raconter, c'était pour dire que le message venait de la famille finlandaise qui tenait la pension. Ils se confondaient en excuses en expliquant que Keimo était passé par-dessus bord, sans que personne sache pourquoi.

« Tessy, bordel, t'y peux rien, t'y peux rien, il était malade, c'est lui qui a arrêté de prendre ses médocs… »

J'étais la première personne à entendre son histoire, qu'elle avait pas pu raconter, va savoir pourquoi, ni à ses vieux, ni à sa sœur, ni à personne sauf à ce gars que j'étais. Et qu'est-ce que tu fais quand on te raconte ce genre d'histoires ? Tu as des bras. Tu as une bouche. Tu as ta tendresse. Tu n'as pas de quoi comprendre et encaisser complètement, tu avances comme un abruti de yorkshire au milieu d'un élevage industriel de poulets et tous veulent te filer un coup de bec.

Ça ne s'arrêtait pas là. Non, le malheur continuait à s'installer, l'avortement, pas cureté, encore chimique par chance, comme avaler un remède à l'amour perdu, et hop, pastille, verre d'eau, faut faire descendre. Même si c'est encore petit, il y a des morceaux, les petits bouts d'une vie qui sortent.

Le vent s'engouffrait dans les sapins entourant le chalet, donnant l'impression que le monde entier s'était mis à gronder. Un renard glapissait, bruit perturbant faisant un étrange effet au cerveau qui n'arrivait plus à se focaliser sur l'analyse d'un seul son, tant les stimulations étaient nombreuses. Nos corps étaient avinés. Les murs semblaient avoir la faculté de parler avec le monde qui les entourait. Le craquement des bûches de conifères s'ajoutait à l'ensemble.

Tessy était creuse. Elle regardait dans le vide, je faisais de même. La bouteille de gentiane en était à ses dernières larmes, nos verres bien remplis. Seul le mouvement qui menait à siroter occasionnellement rompait le calme plat qui recouvrait nos intérieurs. Un champ de ruines dans lequel remettre une bûche à travers la porte du fourneau était une épreuve. Il y avait un grondement sourd dans ma tête, il était plus dû à l'alcool fort qu'au récit.

Le réveil du lendemain fut douloureux. Le poêle devait être éteint depuis longtemps et la première heure, constituée de balbutiements incertains. Malgré le clou planté dans mon front, j'ai lancé le feu et mis de l'eau à chauffer. Tessy a réussi à formuler un sourire malgré de petits tremblements aux commissures.

« J'm'excuse, c'était… J'étais… Tout était peut-être trop brutal hier soir. »
« T'inquiète, ça va, c'est… Je sais pas comment dire… Pas mal d'un coup et en même temps, c'est pas moi qu'ai vécu ça, j'ai fait que d'écouter. Nan, moi à part cette putain de gueule de bois, ça va. »
« J'ai eu peur de te foutre les boules, gros, vraiment, je, je t'aime beaucoup alors, voilà, maintenant tu sais. »

J'avais du pain, de la confiture et du fromage pour le petit déjeuner, une boîte d'Alka-Seltzer aussi. Tout a commencé à s'éclaircir, puis il fallait faire le ménage, vider les cendres, balayer, aérer, remettre les affaires dans les sacs. Je redevenais le débile que je suis d'habitude, seule chose que je sais faire face au drame humain, faire du cirque en passant le balai, laisser échapper une connerie déplacée du type :

« Même avec la pire des gueules de bois, moi je pense jamais à me foutre le tour. »

Étonnament, je crois que cet humour stupide convenait bien à Tessy, ne pas se laisser envahir par les ténèbres était une faculté qui semblait lui faire du bien. Elle mimait un regard désapprobateur dans lequel un sourire prenait le dessus. Alors, malgré le poids de ce qui avait été dit, c'était un premier week-end entre amoureux réussi. La porte du chalet s'est refermée derrière nous et nous sommes repartis vers la première gare. Il y avait un nous.

3

Dès mon retour, il est devenu rapidement clair que j'avais perdu mon travail. Le patron était en rééducation dans les Franches-Montagnes. J'étais allé lui rendre visite et il ne s'en sortait pas trop mal. Il ne fumait plus, mais j'étais persuadé qu'il reprendrait la clope sous peu. Nous avions bu une boisson sans sucre, il décrivait ses négociations avec l'administration de Biu pour obtenir une place et installer un stand de glaces italiennes à un endroit stratégique pendant l'été. C'était le meilleur investissement qu'il pouvait faire en vendant son camion de déménagement, avait-il dit. Je suis reparti lorsqu'une de ses amantes entrait, armée d'un gigantesque bouquet de très mauvais goût qui me rappelait une couronne mortuaire.

J'ai repris les transports publics, assis face à l'affiche publicitaire « Le petit train rouge qui bouge » avec un ragoût d'incertitudes dans le crâne. Heureusement, j'avais mes petites économies pour mon loyer. Pour le reste, je tenterais une improvisation. Il y avait aussi un engagement pour un premier festival dans deux mois. Excepté le gain d'argent, ça ne me réjouissait en rien. Je savais que le travail y serait détestable, les cadences aussi, le danger d'accident relativement élevé. Mais il fallait arrêter de se torturer les méninges… En changeant de train, j'ai jeté un œil pour vérifier qu'il n'y avait pas de contrôleur puis cherché une stratégie pour me changer les idées. Je n'avais pas de livre avec moi, mais une fois n'est pas coutume, une pile de journaux gratuits gisait sur un siège du train régional. Comme d'habitude, les informations n'y étaient pas particulièrement excitantes et il ne devait pas s'être passé grand-chose d'autre dans le monde que « Transfert d'un trou de balle pour huit millions ». Je regardais l'impeccable sourire de requin du jeune beauf, à peine capable de taper dans un ballon, en me disant que je comprenais de mieux en mieux les types qui prenaient les armes pour faire un massacre au hasard… Passant les pages, un article parlait de l'extension de la maladie bovine biélorusse, aucun danger pour les humains, mais mort en série de tous les animaux d'exploitations en Pologne, en Roumanie, un cas dans les pays baltes et une suspicion en Allemagne. L'État suisse parlait d'envisager un gel de l'export provenant de l'Union européenne.

J'ai relevé les yeux pour observer le paysage, entrevu les têtes d'une équipe de contrôleurs sur le quai du village où le train s'arrêtait, et mon corps a été traversé par une décharge électrique. J'avais besoin de tout, sauf d'une contravention. Après avoir saisi mes affaires et bondi en direction de la porte, j'ai constaté qu'il était trop tard, elle était déjà verrouillée. Le prochain village était proche, mais ils seraient sur moi avant que le train s'arrête à nouveau. J'avais beau réfléchir, j'étais piégé, les voyant déjà approcher, scrutant les billets des autres voyageurs. L'entrée du village suivant se laissait apercevoir par les fenêtres, peut-être avais-je une chance. Je me suis levé le plus naturellement du monde, pour éviter qu'ils ne pressent le pas dans ma direction et me suis placé devant la porte en leur tournant le dos. « Monsieur, titre de transport s'il vous plaît », cette phrase m'a glacé. Lorsque la porte a commencé à s'ouvrir, une main m'a sèchement saisi le bras. Ma réaction a été automatique, mon coude s'est logé dans le ventre du grand moustachu qui s'est immédiatement plié en deux, lâchant mon bras. J'ai pris mes jambes à mon cou, sprintant aussi longtemps que je le pouvais. J'ai entendu des sirènes de police au loin. Il était définitivement clair que reprendre le train n'était plus une option. J'ai emprunté un chemin pédestre pour retourner à la maison tout en jetant d'incessants regards paranoïaques autour de moi.

Quatre heures plus tard, en arrivant chez moi, j'ai ouvert mon ordinateur et farfouillé dans des offres d'emploi jusqu'à arriver à mon habituel constat. Seules trois offres correspondaient à mes compétences, je les supposais prises d'assaut, rien ne servait d'envoyer une candidature qui se perdrait au milieu d'une centaine d'autres. Est-ce que j'allais passer mon existence à tourner en rond ? Et merde alors, bien sûr que non. J'ai farfouillé dans le grand compost du jardin pour trouver des vers de terre, puis suis allé chercher quelques bières, ai saisi ma canne à pêche et suis parti dans le crépuscule pour une partie de pêche. Dans le lac de Biu, la pêche depuis le bord était gratuite.

S'asseoir seul face à la surface calme de l'eau, voir quelques colverts, un héron cendré, un martin-pêcheur, quelques corneilles harcelant une buse, un jeune abruti de cygne qui faillit ramasser ma ligne, tout cela était délicieux. Je n'étais pas un très bon pêcheur, mais pas un débutant non plus. En réfléchissant, je m'étais dit que la meilleure idée était de viser les espèces qui n'intéressaient pas les autres pêcheurs. J'ai d'abord utilisé un très petit ver pour tenter de saisir un poisson-appât. Peu avant que le soleil se cache derrière les crêtes émeraudes du Jura, ma canne s'est mise à vibrer. Lorsque j'ai rembobiné, une petite perche-soleil s'était prise à ma ligne. J'ai tué le petit poisson et l'ai fixé à un plus gros hameçon, avec un bas de ligne en acier. J'ai lancé au loin, ouvert une bière dans les derniers rayons roses projetés sur de fins nuages flottant comme des prières tibétaines.

Tessy m'a appelé, je lui ai proposé de me rejoindre, mais elle était trop fatiguée, elle a été surprise d'entendre que j'allais à la pêche. De son côté, elle devait produire plus que d'habitude, car l'entreprise se préparait à la fermeture du bœuf d'export. C'était une bonne chose pour elle qui espérait toujours obtenir sa place en fixe. Nous avons pris rendez-vous pour le week-end à venir, j'avais la poitrine remplie d'un je ne sais quoi de formidable.

Lorsque j'ai raccroché, ma canne s'est pliée avec lenteur. D'expérience, je savais qu'il ne fallait pas perdre son sang-froid, être patient, attendre que la proie soit bien accrochée avant de retirer. C'était un phénoménal suspense, voir la canne se mettre à bouger, puis plus rien, puis à nouveau… Après trois minutes, n'en pouvant plus, j'ai saisi la tige de carbone et tiré un coup sec pour ferrer. Quelque chose retenait fermement la ligne, bordel, c'était gros.

Une masse noire d'un petit mètre se tenait près du bord et ne voulait pas s'avouer vaincue. C'était la première fois de ma vie que je voyais un silure. J'eus toutes les peines du monde à tuer l'engin qui faisait une bonne dizaine de kilos. Il m'a ensuite fallu un temps conséquent pour le vider. Les nuits étaient encore fraîches, j'ai suspendu la bête à ma fenêtre et décidé d'attendre le lendemain pour voir de ce que j'allais en faire.

Pendant la nuit, j'ai rêvé de façon étrange que j'étais Keimo. Un peu perturbé au réveil, j'ai vu par la fenêtre qu'une corneille bouffait les yeux de mon poisson. « Fiche le camp, sale bête, pschit. » J'ai mis la bête au frigo. Le poisson n'avait jamais été mon aliment favori, particulièrement lorsqu'il avait un fort goût, ce qui devait être le cas du silure. J'ai fait du pain perdu en réfléchissant. Une formidable idée m'est venue. Une heure plus tard, j'étais à la poissonnerie. Un peu gêné de venir tenter le porte-à-porte pour vendre du poisson, mais qui ne tente rien n'a rien. J'ai attendu qu'il n'y ait pas de client pour passer la porte de l'échoppe. Le vieux poissonnier m'a demandé ce qu'il y aurait pour me faire plaisir. Je lui ai demandé s'il achetait du poisson.

« Vous savez que c'est interdit ? »

J'ai eu des sueurs froides, imaginant déjà le type appeler la police. Mais il a repris.

« C'est interdit, mais oui, je veux bien acheter du poisson, soyez discret, c'est tout, moi je vous prends tout, vous faut juste savoir que les clients privés paient mieux, comme ça vous voyez que j'suis honnête. »

Je suis reparti avec, en poche, une somme plus rondelette que je l'avais pensé. Le type m'avait fait le détail du prix des autres espèces. Le bonheur, je venais de poser la première pierre de mon entreprise. Hier, sans m'en rendre compte, j'avais créé du travail. Soudain, une sensation d'Amérique coulait sur moi, l'autoentreprise, le *self-made man*, grande classe. Dès lors, je suis retourné les trois soirs suivants au bord de l'eau, sans succès. Un soir je n'arrivais plus à saisir de poisson-appât, un autre que les prédateurs ne voulaient pas les ingurgiter. Je n'avais eu qu'une seule touche, mais sans suite. Bah, ce n'était pas grave, je passais de bons moments au bord de l'eau, le temps passait vite et le week-end arriva sans plus aucune torture de l'esprit.

Tessy m'accueillit en faisant un peu la moue. Elle me demanda si j'avais regardé les infos pendant les jours précédents. « Pas vraiment », lui répondis-je.

« Ben, le Conseil fédéral a verrouillé l'importation de viande européenne, ça, tu savais déjà, mais il hésite à interdire la consommation, il y aurait eu des cas sur les bêtes aux Grisons. Mais le pire, c'est que la communication biélorusse était lacunaire. Il y aurait eu des contaminations humaines. Alors, on flippe à l'atelier, déjà de perdre notre job, ensuite de choper une saloperie… Je peux me foutre mon fixe au cul… Grrr… Sinon toi, ça va, gros ? Tu t'es remis du chalet ? Moi, j'ai eu deux jours de gueule de bois. »

« Ouais, écoute, je digère encore un peu ton histoire, ça me donne envie de… de prendre soin de toi… Mais côté taf', c'est encore pire que toi, le patron se reconvertit en vendeur de glaces. J'ai trouvé un petit plan thune en pêchant, mais dis-le à personne. »

Simultanément à ma vie qui s'améliorait un peu, le reste du monde commençait à se fermer comme une huître. La maladie que nous avions observée de loin pendant un temps nous avait pris en tenaille.

Les mauvaises nouvelles ont rapidement déferlé. Tout a commencé à partir en cacahuètes et l'urgence est entrée dans toutes les têtes en quelques jours. Les ventes de bœuf ont chuté, puis ont été interdites. Quarantaine obligatoire pour les employés de la branche. De plus en plus de morts dans les pays environnants, puis en Suisse, puis à Biu. La maladie frappait de façon assez hasardeuse, mais il semblait de plus en plus probable qu'une transmission d'humain à humain était à envisager. Annulations générales en masse de tous types de rassemblement à plus de trois personnes. J'ai très vite reçu un mail de l'entreprise qui embauchait pour les festivals m'ôtant tout espoir de gagner ma croûte par ce biais.

De façon concrète, vingt jours de quarantaine sans vraiment pouvoir croiser Tessy, comme ça, tombés du ciel, décision imposée par l'État. Nous nous sommes vus à distance, j'avais fait des courses pour elle, déposées derrière sa porte. Que faire d'autre, les voisins lorgnaient, nous nous sommes parlé, moi devant son appartement, elle à sa fenêtre. Puis au téléphone. Puis avec Zoom sur nos ordinateurs. Elle semblait heureusement ne pas être malade. Cependant, Jérôme, son collègue de travail, était mal en point. Les mauvaises nouvelles se sont suivies. Mes parents, après une sortie culte en Allemagne, semblaient tous deux avoir de louches symptômes. Puis, coup de grâce, Tessy, comme elle était toujours embauchée temporairement, a été congédiée.

Mes parents étaient si pieux qu'ils s'en remettaient à la volonté divine. Mon père m'avait dit au téléphone qu'ils étaient confiants et que la prière résoudrait cette épreuve, il toussotait régulièrement. Le port du masque s'est imposé et comme ceux-ci coûtaient une fortune, j'ai dû me rendre à une distribution organisée par l'armée. La file ressemblait aux images d'avant la chute du mur, les gens attendant d'entrer dans les magasins. La plupart des échoppes, des postes, des guichets, avaient des queues interminables devant l'entrée. Tout attroupement en intérieur était prohibé.

La première bonne nouvelle, lorsque sa quarantaine s'est terminée, était que Tessy a obtenu un petit droit à du chômage. L'argent permettrait au moins de payer ses charges. Nous avons acheté une seconde canne à pêche et passé les jours suivants face au lac. Elle savait déjà envoyer sa ligne au loin et la pêche sur le fond était bien plus facile que celle au lancer qu'elle avait pratiquée en Finlande.

À la maison, Brook faisait une légère dépression. Elle avait aussi été congédiée de son emploi au marché à cause de la maladie. Elle tournait en rond et « recevoir de l'argent pour rien branler » la rendait folle. Je ne trouvais pas de meilleure option à lui proposer que « tu pourrais essayer de fumer le poisson qu'on pêche… » Elle avait soupiré puis allumé un mégot de joint.

La bonne chose, c'était qu'à force d'être quasiment tous les jours ensemble, Tessy et moi, nous avons compris qu'on ne se tapait pas sur les nerfs. Lorsqu'un de nous était plus sombre, la lanterne de l'autre venait l'éclairer et vice-versa. La saison avançait et les perspectives de nouveaux emplois étaient nulles. Mes misérables économies avaient disparu. Parfois un jour d'embauche en extra pour une librairie qui livrait à vélo, cela suffisait à peine, en plus des poissons vendus, pour payer mes charges.

Puis, à force de persévérance, la ceinture qui entourait ma vie s'est desserrée. J'ai passé l'été à vendre des bières et des sodas à la sauvette aux rares courageux qui bravaient la peur de la maladie en sortant au bord du lac. Puis vint le début de l'automne, passé à chaparder des pommes, ainsi qu'à cueillir des bolets. Nous faisions sécher ces récoltes et les vendions à une épicerie fine. Tous ces produits faisaient fureur, mais impossible d'en produire suffisamment pour en tirer un réel salaire pour deux.

Cette étrange période, malgré la difficulté de gagner assez, me convenait assez bien, nous nous sentions libres, sans horaires, sans personne pour nous dicter ce que nous devions faire et nous étions la plupart du temps en pleine nature. Le fric avait toujours été une angoisse, mais le fait d'en manquer commençait à se normaliser pour une grande partie de la population. Les restaurants et les bars étaient fermés, c'était toute l'humiliation de ne pas pouvoir s'y rendre par manque de moyens qui avait disparu.

Ce qui a fait la différence, avant l'arrivée du froid, c'était la parcelle forestière que j'avais transformée en jardin et l'herbe que j'y avais plantée. Ni les chevreuils ni les voleurs n'avaient trouvé l'endroit. J'avais eu une peur gigantesque en allant récolter le tout dans un sac de poubelle de cent dix litres qui dépassait de mon sac à dos et laissait une trace odorante d'une centaine de mètres derrière moi. Mais une fois l'herbe séchée, avec le concours de Brook et malgré sa taxe de passage, j'avais créé deux billets à trois zéros. Jamais, au grand jamais, je n'avais été aussi riche. C'était la promesse du premier hiver sans soucis que j'allais vivre depuis que j'avais quitté la maison familiale. Après avoir payé six mois de loyer, j'ai passé ma journée à pêcher en chantonnant une ritournelle inventée au fur et à mesure « oui, oui, oui, sans aucun souci, ainsi va la vie, sans aucun souci… ».

Malheureusement, il n'en allait pas de même pour Tessy, quelque chose la perturbait, elle était tout à fait évasive concernant la source de ses tracas, tentait d'éviter mes questions, refusait de discuter et coupait court à mes tentatives de lui tirer les vers du nez par des demandes intensives d'affection. Je savais qu'elle n'avait pas de problèmes financiers. En revanche, elle tournait en rond et la passion de la pêche et des cueillettes, comme la saison devenait fraîche et les récoltes plus maigres, semblait l'abandonner. Je faisais tout ce qui était en mon pouvoir pour contrer ses moments de noirceur, mais il fallait qu'elle se décide à crever l'abcès. La crainte de perdre cette belle relation me traversait occasionnellement, j'en faisais des cauchemars réguliers où je me trouvais devant sa fenêtre à l'appeler, les voisins me disaient de me taire et sa lucarne restait tristement close.

Un soir, j'avais acheté de quoi faire des cordons-bleus maison. Puis deux bons flacons de Rioja qui devaient être précédés d'un apéro de bières artisanales. Si tout cela ne la menait pas à parler, je crois que je serais à court de ressources. Avant de commencer à cuisiner, nous sommes sortis nous promener au bord du lac. Le ciel était devenu un couvercle gris, le vent faisait moutonner la surface de l'eau, les mâts de voiliers chantaient dans un cliquetis magnifique et hypnotisant.

« C'est beau, hein ? Je me lasserai jamais de venir ici, j'crois… Ça me fait du bien. Tu sais, j'ai un peu peur pour notre relation avec cette période, j'aime pas quand je sens que t'as un truc que tu retiens. Si t'as eu une aventure ou je sais pas quoi, ça serait plus facile de le dire maintenant. »

Tessy avait les larmes aux yeux, je supposais qu'elle hésitait à lâcher le morceau.

« C'est pas ça, je te promets que j'ai pas… Il n'y a personne d'autre. C'est juste que… Je sais pas où j'en suis, j'ai les boules, notre relation me fait remonter ce que j'ai raconté au chalet. J'ai toujours l'impression que tu vas disparaître du jour au lendemain. J'ai peur de tout foutre en l'air, j'ai presque rien d'autre que toi dans ma vie de maintenant, je… »
« Mais pourquoi tu tripes comme ça ? Je vais pas partir, je vais pas disparaître, quoi qu'il arrive, je te le promets… »
« T'es chou, j'espère que ce soit vrai… »
« Ben, je sais pas, moi, t'as eu une expérience avec une personne malade. Moi, j'ai pas d'autre virus que celui de vider trop de bouteilles… Et encore, ça va, ça me rend ni violent ni cinglé, c'est mon petit loisir de pauvre héhé. Tu me dis si t'as l'impression que ça t'impacte, que je me rends pas compte. »
« Non, franchement, pas de drame de ce côté, t'es jeune, faudrait pas faire ça toute ta vie, mais au contraire, t'es rigolo quand tu picoles, au pire ça te rend un peu mou. » En finissant sa phrase, elle a tapoté ma braguette et j'ai enfin revu le sourire qui ne s'était pas montré depuis plusieurs jours.
Une légère bruine commençait à tomber et avec elle, la nuit. Nous avons pris le chemin de mon appartement. Avant de passer la porte, elle m'a tenu le bras.

« Écoute, je crois que je suis peut-être enceinte. »

Ça m'a fichu une décharge dans tout le corps. J'avais toujours pensé que j'étais stérile ou quelque chose dans ce genre, c'était comme si on me décrivait un truc impossible avec des preuves irréfutables. Comme une communication surréaliste, l'office fédéral de la topographie qui affirme que la terre est indiscutablement plate. Je crois que j'ai dû rester plusieurs minutes avec la main posée sur la poignée de porte sans bouger. Le cinglé d'en dessous est arrivé nu, voulant probablement s'exhiber devant Brook, le grand cri qu'il a émis en nous voyant m'a ramené au plancher des vaches…

« Oui, euh, Tessy, c'est… Une très jolie nouvelle… Je, excuse, je… Ne sais pas quoi dire, il, il, on va boire une bière pour… fêter ça. »

Tessy n'arrêtait pas de regarder mon visage, je voyais bien qu'elle était très blanche, mais je ne savais pas quoi lui dire. Quel mec fauché et instable sait précisément quoi répondre dans une telle situation, je ne le sais pas. J'ai commencé à préparer le repas en buvant nerveusement la bière, jusqu'à me couper le doigt et mettre du sang partout dans la cuisine. Il a fallu que j'arrête de cuisiner tant je faisais n'importe quoi. Elle a repris la parole.

« Écoute, t'en fais pas. T'es obligé de rien. Je peux tout assumer toute seule, enfin, j'aimerais que tu restes avec moi, mais, je sais pas, je peux assumer les charges et la majeure partie du travail… S'il te plaît, me largue pas… »
« Non, non t'inquiète pas, je vais faire avec, euh… avec toi… je… suis un peu sous le choc. »

Tessy n'a bu qu'un demi-verre de vin, j'ai englouti le reste et n'avais qu'une seule envie, dormir, quitter cet endroit, me réfugier dans un autre monde. Vers trois heures du matin, lorsque l'ivresse se tassait, mes yeux se sont ouverts pour ne plus se refermer de la nuit. J'ai regardé dans le vide, observé le visage de Tessy dans ses moindres détails. Malgré la gueule de bois carabinée qui se logeait dans mon front, je ne voyais que sa magnifique beauté, j'observais ce visage avec une certaine tristesse. J'étais triste pour moi-même. Je savais que l'empathie éprouvée à son égard, son histoire, empêchait toute velléité, quasiment toute révolte, ne serait-ce même qu'apporter l'idée d'avortement. J'avais d'étranges pensées, le fait de m'être fait avoir, le fait de commencer une nouvelle vie, le fait de ne pas savoir à quelle sauce l'existence voulait me manger. J'ai regardé les gouttelettes de pluie qui se collaient à la fenêtre, dans la pénombre. Le jour qui allait se lever serait le premier d'un autre monde… Il ne serait pas possible d'apprécier avec légèreté ce premier hiver financièrement à flot. Jamais le concept d'enfant n'avait été intégré à l'intérieur de moi, c'était jusqu'ici un privilège dédié à des personnes plus riches, plus aptes au travail. Comment s'occuper d'une personne dépendante de soi lorsqu'on n'arrive pas à s'occuper de soi ? D'autres se fichaient bien de s'inscrire aux œuvres, service social. Je n'en étais pas. J'avais lutté pour ne pas me retrouver si bas. Non, j'avais toujours refusé de mendier, mais peut-être fallait-il s'y résoudre… Je pensais à Brook, elle-même inscrite m'avait découragé de faire de même, « on en sort jamais vraiment, ça laisse des dettes ». Quelques larmes se sont mises à couler de mes yeux.

Tessy a ouvert les paupières et m'a pris dans ses bras. « Ça va aller, t'inquiète, c'est quand même pas la mer à boire, je vais pas te forcer à courir après le fric, je te promets de m'occuper de ça. » Elle a fait un petit sourire qui ne m'a fait que l'effet d'un rictus qui aurait tout aussi bien pu se trouver sur le visage d'un démon. Le désir de rétorquer quelque chose de brutal m'habitait, mais comme dit, j'étais trop empathique et je ne pouvais m'en prendre qu'à moi-même, ou disons cette absence d'envie de porter des capotes. Elle ne devait pas supporter mon envie de dignité acquise de haute lutte, je ne serais pas un père comme le mien, pas de cette vieille morale biblique, mais il faudrait bien assumer ma part. À force de manquer de fric, cela devient un centre de l'existence… Il fallait que je sois capable, quelle que soit la façon, de contribuer de moitié…

Dans l'après-midi, j'ai appelé Luca, comme tous les bars étaient fermés et qu'il a décelé l'urgence qu'il y avait dans ma voix, il m'a convié à le rejoindre chez lui. C'est là que ça a commencé à dégénérer. Qu'avais-je d'autre comme réponse à cette situation ? Je n'avais vu que des types se mettre à picoler lorsqu'ils apprenaient une telle nouvelle. Alors, je me suis mis à picoler.

À la sortie du train pour me rendre chez Luca, j'avais déjà bu cinq demis. Je me foutais de tout, j'aurais bien trouvé quelqu'un, un abruti quelconque dans la rue pour qu'on se fiche sur la poire. Mais marchant dans Neuchâtel, les gens détournaient le regard, se disant probablement que j'étais un énième ivrogne stupide et peut-être dangereux. J'ai réalisé que je devenais exactement ce que je ne voulais pas, j'ai repensé à Bernie, le petit mépris que j'avais pour lui… Ça m'a mis en rogne et j'ai mis un coup de poing dans un mur qui a déchiré la peau de toutes les phalanges de ma main droite. « Putain, ce que t'es pitoyable, mon gars. » Je passais par toutes les étapes d'un début de déchéance, m'insulter moi-même en pleine rue, merde.

Chez Luca, tout était frais et propre, de l'entrée où il fallait enlever ses chaussures, à son bureau, en désordre, mais propre.

« Bordel, mon gars, tu sens la binch et t'as pas l'air heureux… Viens, j'te sers une grappa. » Nous avons bu. Je lui ai raconté ce qui m'arrivait et il ne comprenait pas ma tristesse. Il ne faisait que se réjouir. « Tu verras, ça va être super, moi aussi j'aurai des gosses, c'est un truc chouette, une nouvelle étape. » J'acquiesçais, mais ça ne rentrait pas, toutes ses tentatives de me remonter le moral, à la différence de la grappa, ressortaient instantanément. En m'en allant de chez lui, j'ai vomi en chemin, pris le train du retour sans porter de masque médical en défiant tous les autres voyageurs du regard, été déçu d'être seul à me comprendre. J'ai tété une bouteille de Jaerger Meister achetée dans un magasin de gare, seul en errant dans les rues de Biu, me suis endormi face au lac. Réveillé avant l'aube, encore ivre, le pantalon à moitié gelé, je m'étais pissé dessus. J'ai prolongé cette routine pendant une semaine entière, me cachant des autres êtres, évitant Brook, ne donnant aucune nouvelle à Tessy. Boire et fumer des clopes, les seules choses qui ne demandaient rien d'autre qu'un peu de fric.

C'est lors d'une fin d'après-midi, lorsque j'arrivais aux trois quarts d'une bouteille d'un litre de Kirsch, que je me suis vu dans une flaque. J'ai vu les cernes noirs qui marquaient ma face blanche, ma barbe un peu broussailleuse. J'ai vidé le reste de la bouteille dans la flaque, regardé les arbres flous qui balançaient dans la brise du soir. J'avais froid, j'ai eu envie de plus de froid, plongé ma tête dans le lac, pleuré une bonne fois pour toutes, puis décidé que le lendemain, je reviendrais dans la vie, quoi qu'il en coûte.

« Oui, excuse-moi, Tess, j'ai eu besoin de péter mon câble. J'ai encore besoin de quelques jours, question de me remettre dans les rails, mais ça va aller, vraiment désolé, j'ai court-circuité. »
« T'en veux pas, j'avais juste peur de… Peur que… Enfin, tu sais, tu sais ce qui s'est passé avec Keimo… »
« J'avoue, c'était nul, ce que je viens de faire, j'avais juste besoin d'être loin de tout, on se chope bientôt, je te redonne des nouvelles, faut que je me reprenne un peu, je viens de me bourrer le chou pendant une semaine, c'était pas glorieux, mais j'ai passé le cap. »

Passé l'effroyable manque, sueur et tremblements, le mal de crâne des deux premiers jours, j'ai fait une chose que je n'avais encore jamais faite, du jogging. Je n'avais pas de tenue réellement adaptée à cette pratique, un vieux training et des baskets trouées, j'en étais presque fier en trottinant relativement lentement. J'avais un nouvel objectif. Reprendre ma vie en main, essayer quelque chose de neuf, la fin justifiait les moyens, demain, j'irais plus loin que le fait de consulter des offres d'emploi, puis malgré toutes mes réticences, j'irais me présenter au service social pour une « consultation ». J'avais recherché l'adresse de l'office des affaires sociales, il se situait à la rue du Contrôle. Cela faisait froid dans le dos. J'aurais préféré trouver un poste, un petit emploi simple et calme, mais comme on ne reporte pas la venue d'un enfant, il fallait se battre sur tous les fronts. Pour une question tarifaire, la libraire avait abandonné le service de livraison à vélo et s'en tenait à l'usage de la Poste.

Comment se présenter lorsqu'on va s'inscrire à l'office de la pauvreté officielle ? Je l'ignorais. J'ai enfilé mes loques normales, trouées, mais sans plus. Je suis allé, coupable, en direction de la rue du Contrôle, ai observé autour de moi que personne de connu n'arpentait la rue au moment où j'allais entrer. J'ai poussé la porte, un homme d'un service de sécurité privé faisait des allées et venues, une alignée de chaises trônait dans un couloir faisant office de salle d'attente avec des séparations transparentes tous les mètres. Je me suis annoncé à un guichet, on m'a fait asseoir, et l'attente a commencé. J'étais assis au milieu de mes semblables demandeurs, on se voyait à travers les panneaux de Plexiglas. Calmes, patients, pourquoi donc fallait-il un sécu ? Les pauvres étaient-ils plus dangereux que d'autres personnes ? Je n'avais jamais vu de service de sécurité dans les autres administrations… Pendant que j'imaginais le profil le plus dangereux qui pourrait se trouver ici, j'ai vu Jeff qui m'a souri avant même que je puisse me cacher de son regard. Un sentiment de honte m'a submergé, c'était fichu pour la discrétion.

J'étais publiquement candidat aux sociaux, élément qui me contrariait terriblement.

Nous avons discuté jusqu'à ce que l'agent de sécurité me fasse regagner ma place pour des « raisons sanitaires ». Jeff avait eu le temps de me dire qu'il était déjà inscrit, avait son assistant social attitré, un rendez-vous par mois. Il m'a expliqué que le pire était le début, qu'il allait falloir de la persévérance. Lorsque je me suis fait renvoyer à ma place, il m'a invité à boire un thé en début de soirée. L'idée me convenait bien, apprendre à connaître un autre aspect que celui du type qui fait des crises sous l'effet de l'alcool. Lui s'en est allé à son rendez-vous. Après deux bonnes heures d'attente, j'ai pu m'entretenir avec la jeune femme qui tenait l'accueil. Nous avons discuté, je lui ai expliqué ma situation, je lui ai parlé de l'enfant à venir, de mon envie de reprendre une formation. Elle était très empathique et semblait dire que c'était envisageable. Mais avant toute chose, il fallait fournir une liste de papiers longue comme le bras. Nous avons agendé un rendez-vous quelques jours plus tard avec un assistant social et il fallait que j'apporte la paperasserie aussi vite que possible.

Peu après, j'arrivai chez Jeff. Étonnament, il était très ordonné. Aurais-je pu envisager qu'une personne occasionnellement aussi instable pouvait être ordonnée ? Mon éducation devait rendre inenvisageable de penser qu'un tel paradoxe existât. Le manichéisme indu par la chrétienté radicale… Ma cervelle transportait cette limite. Je ne m'étais pas rendu compte, lorsque je l'avais ramené chez lui pendant après sa crise de nerfs, de cet ordre parfait. Tout était très minimaliste et agréable à vivre, on aurait probablement pu trouver des éléments de feng-shui dans cette pièce dotée d'une cuisine séparée. C'est la pensée qui m'est venue lorsqu'il m'a servi le thé dans une théière en fonte, avec une gestuelle de moine bouddhiste. Peut-être avait-il rangé pour m'accueillir… Nos tasses se trouvaient sur une harasse en bois, comme celles destinées à stocker les pommes et il m'a encouragé à m'asseoir à même le sol.

J'avais encore cette honte du fait qu'il m'avait vu à l'office des assurances sociales. Pour justifier ma situation, me justifier face à moi-même, j'ai rapidement dit que j'allais peut-être avoir un enfant, même si c'était trop tôt pour en parler et qu'il devait garder ça pour lui. Il m'a regardé et a affirmé qu'il avait aussi un fils âgé de vingt ans. Que son enfant habitait encore avec son ex-femme, à côté de Saint-Gall. « Pourquoi t'es parti ? » que je lui ai demandé. Il m'a répondu qu'il avait pété les plombs, plus supporté la charge d'être père de famille, plus supporté le fait d'habiter un quartier petit-bourgeois, plus supporté la surveillance du regard des voisins, plus supporté d'aller donner des cours de batterie à la chaîne, comme une machine.

Il en avait eu tellement marre qu'il était parti vers nulle part, un été, errer dans les montagnes tessinoises, dormir dans des grottes. Il avait rencontré un petit paysan dans un alpage, l'agriculteur l'avait recueilli. Ils avaient passé la saison à traire, suivre et rassembler les bêtes. Puis l'alpagiste, en guise de rémunération, lui avait laissé le chalet pour l'hiver, ainsi que les provisions qui y restaient. Il avait vécu là jusqu'à la saison suivante, descendant parfois en ville pour vendre du bois ouvragé, mobiles pour bébés, jouets faits main pour enfants. Au retour du printemps, il fallait laisser la place au paysan qui avait trouvé une compagne pendant l'hiver. Il reprit l'errance jusqu'en ville de Zürich, sans moyen de subsistance et épluchant les petites annonces, il vit un emploi à la Bourse. Dans un élan un peu fou, il se dit qu'il tentait l'aventure. Falsifier des compétences, acheter un costume Armani trois-pièces dans une brocante, lire un gros livre avant de se rendre à un entretien d'embauche et contre toute attente, se faire embaucher. Il a roulé un joint, puis a repris son récit, où il disait réussir à produire des quantités d'argent phénoménales pour ses employeurs et griller ses bonus en soirées. Il ne s'envoyait pas de coke, mais des ecstasys et de la MDMA, de l'alcool et du manque de sommeil.

Je me suis dit qu'il était probable que son aptitude à voir rouge provenait de cette période. Impossible de m'interdire la psychologie de comptoir lorsqu'une personne me fait son histoire…

Enfin voilà, il a conclu par le fait qu'après avoir abandonné la Bourse pour des raisons éthiques, il s'est retrouvé à errer de squat en squat. Dans cette culture dite anticapitaliste, il a passé dix ans à chercher un groupe qui voulait un « vrai projet collectif », sans qu'il se présentât jamais. « Alors, j'ai envoyé chier tous ces cons d'individualistes, de profiteurs, pour m'occuper de moi et surtout de ma mère qui a un Alzheimer, mais qui est plus cool que tous ces petits clowns… Non, j'exagère, y avait beaucoup de gens bien, mais pas souvent l'opportunité de faire un truc collectif comme je le rêvais. »

Sur ce, il a rallumé un gros joint. Je n'aurais pas dû tirer dessus, la nuit est devenue très floue, je ne me souviens pas de la suite…

J'ai passé les jours suivants à mendier des justificatifs. La banque refusait d'imprimer mes relevés de compte, car j'avais la formule gestion en ligne. Une demi-heure de négociation avec l'employée qui me faisait sentir que je n'avais rien à faire dans ce qu'elle semblait considérer comme un endroit trop distingué pour que j'y sois. Comme nous n'avions pas d'imprimante à la maison, il a fallu lutter. Puis, l'office des poursuites, l'office des habitants, puis enfin un contrat de sous-location aussi crédible que possible auprès de Brook, qui, je l'espérais, ne générerait pas d'ennuis pour elle. J'avais aussi fait un budget pour étudier. Le tas de feuilles rangées et aussi bien présentées que possible, je les ai livrées, puis je suis allé pêcher quelques heures pour me détendre les nerfs. J'ai reçu un appel pour mon rendez-vous. Après toutes mes démarches, je me réjouissais presque, j'avais retrouvé de l'espoir avec l'idée d'étudier, cela justifiait à mes yeux de recevoir un soutien.

De retour à l'office des assurances sociales, on m'a fait asseoir et indiqué que l'assistant viendrait me chercher. Un type très négligé sur lui, pieds nus dans ses pantoufles et chemise hawaïenne, est arrivé. Au-dessus de sa moustache broussailleuse, ses yeux m'ont toisé, il m'a lancé la phrase suivante : « Monsieur, lorsqu'on est dans votre situation, on n'étudie pas, on va travailler, y a du boulot sur le marché, vous avez l'air en forme. » J'étais sans voix, quel abruti, bien sûr que j'aurais travaillé si j'en avais l'occasion. Si je me mettais à l'usine ou au chantier sans avoir de formation, je savais que je me reviendrais m'inscrire à cet office pour une durée encore plus longue. J'aurais pu lui arracher sa moustache et lui faire bouffer l'aloe vera du coin de la pièce… Mais j'ai tenu bon, je lui ai dit pour le gamin, il a trié ses feuilles me concernant et a fini par dire « Bon, alors vous avez droit au paiement de vos charges et à quatre cents francs par mois, parce que vous vivez en colocation ». Ce n'était pas grand-chose, mais j'allais pouvoir rebondir, il le fallait.

Tessy m'avait confirmé la nouvelle, elle était définitivement enceinte. J'ai réussi à aller acheter des friandises pour lui faire plaisir et essayer de me réjouir. Pour moi, ce n'était pas encore gagné. Lorsque je l'ai retrouvée, elle avait vendu la mèche à sa famille, j'aurais voulu faire de même sans craindre une réprimande. Dans la soirée, sa sœur est arrivée. Toutes deux se ressemblaient. Nous avons discuté de choses et d'autres, la frangine rayonnait une énergie phénoménale, un vrai soleil que j'ai accueilli avec plaisir. Elle a dit qu'elle nous aiderait. Et que plutôt que de tourner en rond, je ferais mieux d'aller faire un stage chez un pêcheur professionnel. « Faut profiter avec la maladie, le poisson a la cote ! » Lorsqu'elle parlait, tout semblait simple, évident, facile.

Quelques semaines plus tard, avant l'aube, le cliquetis des mâts puis la barque qui tanguait. Le treuil remontait le filet. J'avais un obtenu un stage de quelques mois, sous-payé, mais sur le lac. C'était, en plus de l'odeur de poisson sur les mains, tout ce que mon nouveau patron pouvait m'offrir pour l'instant. Enfin, ça, c'était pour l'aspect financier, parce qu'après l'été, ce serait mon professeur pour un apprentissage de pêcheur. Lui aussi, après le boulot, aimait bien boire quelques bières en ma compagnie et pour la première fois, il y avait un avenir qui dépassait l'éveil du lendemain.

Remonter des filets sans jamais savoir ce qu'il y a dedans, mais avec espoir, ça me rendait joyeux.

4

C'était le milieu du printemps. J'avais pu me désinscrire du service social, ma petite paie était quasiment égale à ce que je recevais de l'État, mais personne ne me demandait plus mes relevés de compte, plus de rendez-vous avec monsieur moustache, c'était un bon point.

Brook, ma coloc, se préparait à déménager. Elle avait trouvé une ferme en Emmental où elle pourrait travailler comme ouvrier agricole. C'était une petite catastrophe pour moi. Je n'avais pas les moyens d'un appartement, pas même d'une colocation en ville. Tessy de son côté n'avait plus vraiment de quoi garder son appartement. Elle avait eu une proposition de remplacement dans une école, un plan en or, pour les cinq mois menant au terme de la grossesse. C'était une amie qui lui avait donné le tuyau et dans un excès d'honnêteté, Tessy avait laissé échapper qu'elle était enceinte. Le monde du travail est impitoyable et la directrice de l'école avait prétexté qu'avec le virus, elle était une personne à risque, elle n'avait pas eu le poste.

On a passé pas mal de temps à chercher de quoi se loger, un boulot pour elle, mais le monde semblait fermé comme une huître, et nous n'avions pas de couteau à huîtres. Après quelques semaines d'une petite déprime, pendant une soirée chez mes voisins, j'ai eu la chance de tomber sur un ami, Tuck, un vieux soudeur, qui a remis un peu d'espoir dans la marmite. Il avait le bail d'une vieille usine qui se partageait entre un étage d'ateliers et un autre d'habitation. Pas tout à fait légal, mais en bordure de Biu, ça sonnait bien, partir à la campagne pour devenir une famille et accueillir un gamin. J'ai convenu avec lui que nous viendrions visiter le lieu une semaine plus tard. Il parlait d'une grande pièce parfaite pour vivre à deux, presque un loft, disait-il.

On a débarqué à l'heure du rendez-vous, il n'y avait pas grand-chose dans la pièce, un reste de mezzanine dans un coin, un lavabo, une cuisinière à gaz sans bouteille. Mais c'était grand, vraiment très grand, et si on se plaçait sur une chaise, on pouvait voir la rivière par une série de petites fenêtres qui faisaient songer à des meurtrières. C'était finalement bien plus classe que tous les lieux que j'avais habités jusque-là. Tessy a d'abord fait mine de ne pas trouver l'espace chouette. Comme si on visitait le premier appartement d'une longue liste. Pour replacer le contexte, j'ai fait :

« S'ils nous acceptent, je veux dire, si les autres habitants nous acceptent, ça serait franchement pas mal. »
« T'es sérieux, gros ? Faut se faire accepter pour vivre dans un taudis ? »

« Ouais, prochaine séance de maison, faut qu'on défende notre cas et vas-y, on peut se faire un nid assez confort ici. »

J'ai proposé qu'on aille déjà voir tous ceux qui étaient présents. On a fait les pièces les unes après les autres, frapper aux portes, répondre quand quelqu'un ouvrait, partager un thé ou une bière. La plupart étaient franchement cool, circassiens, ferrailleurs... Il y avait juste un type avec son molosse, le molosse semblait psychiquement plus stable que son maître. J'ai toujours eu du pif pour remarquer les mecs limites, lui était au-delà de la limite. Mais il fallait gagner sa place. J'avais prévu le coup, le mec fumait des joints, je lui en ai filé un, ça semblait lui suffire. Et merde, je me demandais si j'étais condamné à avoir des voisins zinzins. Peut-être devrais-je dire en souffrance plutôt que zinzin, mais lorsque vous habitez quelque part, vous ne désirez pas forcément être empathiques avec des êtres qui vous laissent indifférents, d'autant que le monde est truffé d'éponges à empathie...

Après ça, on a bu des bières au bord du feu du jardin, enfin... Tessy a bu une bière sans alcool et j'ai bu des bières pour deux. Puis, on est rentrés à vélo, c'était ghetto, je n'avais pas de lampes et je tanguais de droite à gauche, même que je me suis fichu dans un champ peu après le départ.

« Ça va, ça va, je suis capable de conduire que j'te dis, nom de Dieu. »

Et j'en ai été capable, mais sans grâce.

Le lendemain, j'ai repris le bateau de la boîte. J'étais trop distrait et j'ai noyé le moteur. Mon malheur est de n'avoir aucune idée de mécanique, mon bonheur est d'avoir un feeling et beaucoup de chance avec les moteurs. Je n'allais pas réveiller le patron à cinq heures pour lui dire que j'étais en panne, il aurait senti que je puais la godaille. J'ai tenté une manœuvre, allumer le moteur en tenant la poignée des gazes au maximum. Et paf, le moteur est parti, d'un coup sec, et poignée des gaz au maximum, j'ai tapé dans un voilier du port.

Heureusement, rien de grave. Juste un tag sur la façade du bateau de beauf. J'ai regardé autour pour être certain que personne ne m'avait vu et suis parti en direction des filets à relever.

Quelques jours plus tard, la séance des habitants avait lieu. J'avais réussi à convaincre Tessy qui n'était que moyennement enchantée de s'installer dans un « lieu alternatif », mais entre le prix, le fait qu'il n'y avait qu'une maison voisine, des champs et une rivière comme paysage, qu'il y avait un grand jardin et que la plupart des autres habitants semblaient chouettes, il était difficile de trouver mieux à moins de faire fortune par hasard.

La séance a commencé, presque tout le monde buvait une bière, excepté l'autre avec son clebs, qui avalait un Red-Bull en fumant un pétard. Pendant les discussions, notre demande pour la chambre a été très bien accueillie et le point, vite clos. Le second sujet concernait le type au chien. L'histoire semblait compliquée, il aurait visiblement dû déménager de longue date, car les autres voulaient le ficher dehors. Mais il disait nonchalamment « oui, oui » aux questions types « est-ce que tu vas partir bientôt, tu as trouvé un plan ? » « Oui, oui », c'est tout. J'étais halluciné de l'incapacité des autres personnes en présence à lui ficher un bon coup de pied aux fesses, ils tortillaient du cul pour chier droit, regardaient au ciel. Le type se plaignait de ne pas avoir de travail, de ne pas avoir de fric, puis ça a tourné au vinaigre. Un des habitants, Krebou, a lâché qu'il avait des moyens, qu'il venait d'acheter une moto, qu'on pouvait tous aller la voir, il s'était lui-même vanté d'avoir fait une affaire trois jours avant.

Le gars au clebs s'est levé et est sorti de la pièce en claquant la porte, on l'a entendu taper dans un mur et hurler : « Aujourd'hui c'est moi, mais le suivant c'est quelqu'un d'autre, vous verrez, à tour de rôle vous serez mis à la porte. »

Avec Tessy, nous sommes repartis en ville. Elle me faisait des regards étranges, genre « futur papa, t'as pas intérêt à ce que ce soit un mauvais bail ».

Le lendemain, j'ai appelé Krebou, celui qui avait ouvert sa gueule pendant la séance, il m'a dit que le type au chien avait complètement pété une durite. Qu'il s'était soudain réfugié dans les étoiles. Il se prenait pour Osiris et avait les pupilles miniatures sans avoir consommé de dope.

De mon côté, j'ai commencé à déménager des affaires avec le car postal dont la ligne s'arrêtait non loin. Pendant quelques jours où le type au clebs errait et venait me faire des théories autour de l'alignement des planètes, mélangées au fait qu'il devait se faire retirer un testicule et que comme par hasard un dieu égyptien monotesticulaire existait, il affirmait en être la réincarnation. Puis, finalement au moment où j'hésitais à contacter un service psychiatrique, il a eu un moment de lucidité et trouvé un lieu pour déménager en France. Là-dessus, avec les autres habitants, on a fait un pot commun pour l'essence et Krebou a fait trois allers-retours de six cents kilomètres pour le déménager. Bon débarras.

Krebou m'a confié plus tard que lors d'une des nuits précédentes, le type au clebs l'avait réveillé en heurtant à sa porte et menacé, couteau en main.

Malgré cette petite période d'incertitude, j'avais le lac pour me changer les idées. Le matin frais et parfois venteux m'offrait des visions d'eau grise qui absorbait la face sombre du monde comme un trou à pensées noires. Relever le filet et trouver des corégones et des perches, avec les surprises quotidiennes de beaux spécimens. Quelques journées de pêche à la traîne au brochet permettaient d'observer la faune aviaire, vols de grands cormorans de malheur qui bouffaient trop de poissons, colverts, fuligules, nettes rousses, poules d'eau, foulques macroules, harles, grèbes huppés, hérons cendrés, mouettes et goélands. Toutes ces visions mangeaient l'angoisse de vivre à grandes bouchées et le reste d'incertitude, il y avait le pêcheur qui m'embauchait qui me poussait au cul, me rassurait et me refilait de la bière. Lui se rendait compte que malgré les très bas salaires des apprentis, ma paie de l'année à venir serait plus élevée que la sienne. Il ferait son boulot pour la beauté du geste, disait-il. Il est vrai que les prises étaient de plus en plus maigres d'année en année par manque de nutriments dans l'eau, de la prédation des oiseaux et probablement à cause du réchauffement climatique. On parlait de ça en tranchant les filets de la pêche du jour à coups de couteaux trop aiguisés.

Avalant une gorgée, je me suis souvenu que Bébert, le copain déménageur alcoolique, lorsqu'il était marin-pêcheur le long des côtes de Norvège, avait travaillé ivre et sectionné l'artère de son poignet avec sa lame. Il avait survécu in extremis grâce à un hélicoptère venu lui sauver la mise. De fait, j'ai posé ma bière et je me suis mis à travailler avec plus de prudence. On s'observe autrement lorsqu'on va devenir père, on devient globalement plus prudent.

Mon déménagement avançait, j'ai filé quelques coups de main à Tessy pour son barda. Sa frangine a fait quelques allers-retours avec sa voiture. On commençait à voir une petite bosse sous ses habits…

Chaque fois que je pensais à notre enfant, j'avais peur, peur qu'il soit handicapé, peur qu'il soit mort-né, peur qu'on ne soit pas capables de s'en occuper, que je ne sois pas capable… Tessy était beaucoup plus calme, elle s'occupait de l'organisationnel de façon très efficace, tellement que j'avais l'impression de ne servir à rien pour notre projet commun.

Depuis le départ du type au clebs, la vie reprenait dans le jardin du complexe d'habitation. On faisait des grillades, entretenait les jardins. On n'avait pas beaucoup de nouveaux candidats pour reprendre la piaule du perturbé du bocal. Un mec s'est présenté un soir, il avait l'air réglo sous de petits cheveux frisés, prétendait beaucoup de choses qui semblaient vraisemblables. Je piffais un truc bizarre, mais il fallait que cette chambre soit louée au plus vite, faute de quoi les finances de la bicoque iraient en direction d'une banqueroute certaine. On lui a dit oui, avec une période d'essai de six mois.

Le mec s'est installé et il avait un fatras phénoménal qu'il rapportait d'on ne sait où, à croire qu'il passait tous les jours à la déchetterie, vider les bennes en se disant que ci ou ça servirait bien tôt ou tard. Au rez-de-chaussée du bâtiment, il y avait un étage d'ateliers, il y avait, en plus de la chambre, loué quelques mètres carrés. Il a vite fallu dessiner une ligne au sol pour qu'il ne dépasse pas ce à quoi il avait droit, alors le foutoir s'est entassé à la verticale. Ensuite, on a appris qu'il avait un gamin. On ne l'a pas vu souvent, ce gosse, il est venu quelques jours, puis plus jamais. Son père faisait le héros à longueur de journée concernant l'éducation, mais on a vite appris que c'étaient ses propres parents qui s'occupaient du petit.

Il fanfaronnait, mais le reste de son existence était foireuse. Il revenait avec de nouveaux plans de vie formidables deux fois par semaine, des plans qui ne fonctionnaient jamais. Sinon, il piquait du matos sur l'atelier et dans le stock des autres, du matos qui ne revenait pas pour des projets qui ne finissaient que dans ses rêves. Jusque-là, tout était encore

supportable, mais il sentait que sa présence était agaçante, alors il se mettait à poser des questions à la chaîne qui fatiguaient, tout en demandant des clopes et des bières à tout bout de champ. Il venait souvent frapper aux portes, c'est juste si les portes tenaient lorsqu'il le faisait, ça aurait fait sursauter un paresseux sous anxiolytiques.
Ce soir-là, il est venu me tenir la jambe alors que je repeignais la chambre.

« Je peux avoir une clope ? »
« Ouais, mais une. »
« Et une bière ? J'aime pas acheter des bières. »
« Ben t'as qu'à pas en boire. »
« OK, alors, je prends un verre d'eau. »

Le simple fait de sa présence me donnait envie de lui ficher une tarte. Il a commencé avec une de ces théories, comme quoi ses propres parents étaient des monstres. Cette fois, j'ai voulu fermer son caquet.

« En même temps, c'est eux qui s'occupent de ton fils. »
« Ouais, mais mon père est un vieil alcoolo vénal et… »
« Tu parleras quand tu t'occuperas de ton gamin. »
« OK, mais tu vois, il y a plein de trucs pour lesquels je suis mauvais, mais ce dont je suis sûr, c'est que je comprends bien les gens, j'ai le feeling, tu vois, je ressens des choses. Et je te dis que mes parents sont de mauvaises personnes, ils luttent en justice pour me prendre la garde du petit et… »
« Bordel, ça te sert à rien d'avoir la garde si tu ne le gardes pas ! Et si je peux te dire un truc, c'est que tu

es peut-être fort à quelque chose dans la vie, mais certainement pas à comprendre les gens, t'as aucun feeling, j'ai l'impression que t'es Asperger, t'es aussi sensible aux autres qu'un escargot de Bourgogne, franchement, vieux, regarde-toi en face. »
« Ouais ! Faut que j'achète un camion, vivre sur la route, c'est ça que je veux, je vais acheter un camion et refaire ma vie. »

Là, je me suis dit que son énième nouveau plan allait être foireux, mais s'il y avait une petite chance que ça fonctionne, on serait débarrassés de lui.
« Ah ben voilà, tu vois quand tu veux, t'as de bonnes idées, mais oui, vivre sur la route, c'est super, on y est très indépendant, j'ai beaucoup d'amis qui font ça et ils adorent. »

Peu après, il est parti en France pour acheter son camion. Ça puait le ratage, mais ça nous faisait une pause.

Comme chaque fois que les personnes désagréables disparaissaient, la vie du jardin reprenait, on refaisait des grillades, on passait de bons moments.

Tessy s'était remise aux cueillettes, elle était forte pour ça, ça devenait un business de moins en moins négligeable. Avec ses ventes, elle faisait sa part du loyer et son argent de poche, pour les assurances elle devait encore piocher dans ses réserves, mais on arrivait entre nous deux à un quasi-équilibre budgétaire. De mon côté, j'avais juste de quoi vivoter, mais au moins, je ne m'endettais pas plus.

L'autre est revenu avec son camion. Pas besoin de pif pour savoir que c'était un plan qui ne menait nulle part. Il avait soudain l'impression d'être devenu expert en mécanique parce qu'une personne avait changé le moteur de son engin et lui avait regardé. Dès lors qu'il voulait travailler dessus, tous les autres habitants ont mis leurs outils sous clé. C'est là que je me suis rendu compte qu'en plus d'être mythomane, il était malhonnête. Il trouvait des tactiques pour subtiliser les outils lorsque leurs propriétaires oubliaient de fermer à clé, leurs stocks de consommables diminuaient et lui prétendait que « je croyais que c'était à jeter » ou « je l'ai trouvé dans la poubelle ». Le pire, c'est qu'il devait penser vraiment être plus malin que les autres pour que des affirmations aussi grotesques soient crédibles. J'avais la franche envie de lui mettre une claque.

Un soir, il a voulu me faire le récit de son voyage en France. Bordel, je n'ai pas eu le cœur de le mettre à la porte.

« C'était super, j'ai vraiment une bonne étoile, regarde-moi ce camion, je l'ai acheté pour une bouchée de pain. »

« Et tu vas rouler avec des plaques françaises longtemps ? »

« Non, faut que je l'expertise, mais c'est un détail, il est comme neuf. »

Expertiser une machine pareille sans être mécano, c'était quelque chose, ce n'était pas un modèle conventionnel et il aurait toutes les peines du monde à arriver à ses fins. Mais comme une fleur, il roulait son machin, s'il se faisait contrôler ne serait-ce qu'une seule fois, c'était le retrait de permis. C'était un peu comme de construire une caisse à savon avec un moteur de tronçonneuse et l'impression que l'homologation ne poserait aucun problème.

« Et tu sais, je me suis arrêté dans un monastère et je suis devenu croyant. »
« Ouais, c'est bien, t'as vu la grande lumière », j'ai fait en ricanant.
« Ouiiiii ! Et ensuite, j'ai rencontré une troupe de cirque qui m'engage pour tout l'été. »

Là, j'avais entendu l'élément qui justifiait de m'être farci cette discussion. Il allait ficher le camp tout l'été. Je me suis dit que cette grande farce que formait son existence trouvait tout à fait sa place dans un cirque et je l'ai félicité (et encouragé à ne pas abandonner le projet).

Enfin voilà, la conclusion était que cette chambre se trouvait être maudite, aucun de nous ne savait comment se débarrasser définitivement de ce type. Tôt ou tard, c'était certain, il ramènerait des ennuis avec lui.

Je réfléchissais à ce concept d'exclusion avec un peu de culpabilité, mais finalement, ceux qui ne sont pas aptes à vivre en groupe en respectant ceux qui les entourent peuvent toujours aller vivre seuls. Et la maison, à mes yeux, devait être un cocon, d'autant plus avec la venue d'un enfant. Je crois que je devenais territorial.

C'était presque l'été, l'air tiédissait, le jardin était rempli des piaillements des moineaux et des étourneaux. Le compte à rebours laissait encore quatre mois avant que nous nous transformions pour toujours en parents. Lorsque les rénovations de notre chambre furent terminées, le temps a permis de s'intéresser un peu plus aux environs.

Tessy avait trouvé un petit travail dans un magasin de produits du terroir, et c'était bien, car nous disposions des invendus, en plus du fait qu'elle pouvait y vendre ses propres cueillettes. Ça la rendait aussi heureuse de s'occuper autrement qu'à penser à son ventre qui devenait de plus en plus grand. Le magasin était éloigné, elle dormait souvent sur place et j'en profitais pour laisser libre cours au moloch assoiffé d'alcool qui se planquait au fond de moi, me disant que c'était les derniers temps qu'il avait à vivre. Cela étant, il faudrait lui faire la peau, d'une façon ou d'une autre.

À côté de notre complexe d'habitation, il y avait une ferme rénovée et ses habitants. La vie de nos voisins était entièrement rythmée par la Fête. La déglingue totale et quasi quotidienne. Tous les espaces de leur jardin étaient conçus en chill-out, sofas, tables de réception, place de feu. Ça refoulait la décadence et j'aimais bien cela, un frigo exclusivement dédié à la picole, avec modération tout de même, ne pas consommer autre chose que l'alcool. Le week-end, des cohortes de bagnoles venaient se garer aux alentours de la maison, de la techno résonnait de plus en plus fort et au fil des heures, les corps devenaient fous, dégradés, incapables de prononcer des phrases compréhensibles tant que le sang des convives se retrouvait croupi par des substances tout à fait psychotropes. Plus jeune, je les avais essayées, toutes au moins une fois, ça m'avait suffi pour arrêter la liquéfaction de neurones.

Le maître de cérémonie, voisin et détenteur du bail, menait le bal, distribuait des acides à tour de bras. La nourriture était généreusement offerte, l'alcool coulait à flots, des nuages de fumée verdâtre embaumaient jusqu'à des kilomètres à la ronde. Le maître de cérémonie faisait évidemment de petites affaires, car dans le monde des substances, seule la première dose est offerte.

De mon côté, je m'en tenais à la bière fraîche, puis à l'observation. C'était un terrain très riche d'êtres moyens, monsieur et madame Tout le monde, venant tous oublier leur misérable semaine de turbin en s'envoyant valser la caboche dans des étoiles en carton-pâte. Cela me faisait du bien de ne pas être aussi misérable. Souvent, des gens finissaient à poil, dans des partouzes un peu dégueulasses de fond de jardin. Mais il n'empêche, j'ai trouvé cela assez marrant pendant un temps.

Seulement voilà, la consommation de substance ne rend généralement pas plus intelligent. Le voisin, du haut de ses quarante années bien sonnées, avait les stigmates des substances et l'ennui des vingt années passées en fêtes répétitives. J'ai vu que petit à petit, il se mettait à picoler de plus en plus.

En quelques semaines, on voyait une augmentation des doses de boisson proportionnelle à la diminution de ses capacités d'écoute et de nuance. Comme il avait déjà une tendance au narcissisme, il a pensé qu'il était le roi du monde, s'est brouillé avec ces cohortes de fêtards, s'est retrouvé de plus en plus seul, à se noyer de plus en plus encore.

Pour meubler cette solitude, il a eu la bonne idée de s'acheter des animaux. D'abord, un lapin, un chien de race, un chat de race, des poules, des serpents, des escargots, la liste était aussi infinie que son absence d'expérience. « Je m'y connais bien, j'avais un chien quand j'étais petit, sinon je m'informe sur YouTube. »

Le roi du monde a décidé que le lapin devait être libre. Le chien aussi. Le lapin s'est fait bouffer par le chien d'un promeneur. Le voisin l'a menacé d'un procès, le promeneur lui a repayé son lapin. Le second lapin s'est fait bouffer par un renard, ça a résolu le problème.

Le chien, un beau berger suisse, était un peu livré à lui-même, mais au début la femme du roi du monde s'en occupait.

La femme du voisin et lui-même formaient un vieux couple dysfonctionnel qu'on entendait hurler sept fois à la quinzaine. La nuit tombée, on sentait quasiment les volutes d'alcool fort dans les *fuck you* hurlés à tue-tête. Un jour, monsieur avait même des morceaux de bouteille en verre plein la figure, ça ressemblait à une blessure de guerre. Parfois, ils faisaient des combats de musique, car tous deux possédaient des systèmes pour diffuser de la musique qui auraient suffi pour une scène de grand festival.

C'était infernal jusqu'au jour où la femme du voisin est tombée très malade. D'abord, elle a eu une poussée de boutons, furoncles sur l'entier du visage, puis elle a temporairement perdu l'usage de ses jambes. Les médecins ne savaient pas quelle était la source du problème, jusqu'à ce que l'un d'eux diagnostique une séropositivité. Un virus improbable s'était logé dans son cerveau, c'était bien triste. Elle a été hospitalisée, le voisin, lui, s'est retrouvé à devoir s'occuper de tous les animaux. Le chien errait librement, heureusement pour tous les gens des environs, il était agréable, mais commençait à avoir une fâcheuse tendance à s'enfuir.

Un soir qu'il avait fichu le camp, le voisin l'a vu à l'horizon et plutôt que de bouger ses fesses de gros paresseux, il est monté dans sa bagnole, furax. Dans un faux mouvement en effectuant sa marche arrière, il a raté la pédale des freins et la petite voiture est allée se loger tout droit au fond du fleuve. Jusque-là, ça peut arriver à tout le monde, même si ça n'arrive pas à tout le monde. Mais cerise sur le gâteau, ou disons plutôt la pastèque sur le gâteau a été sa réaction. Il est allé chez lui chercher un morceau de papier qu'il a cloué sur un arbre.

Svp, n'appelez pas la police, je m'occupe de la voiture demain matin
Signé – Le Voisin

Alors, évidemment, la police déjà habituée à venir pour demander de baisser le son lors des fêtes débridées a tout de suite su d'où venait le problème dans le quartier lorsqu'elle a reçu l'appel d'un promeneur nocturne.

À quatre heures du matin, le voisin s'est fait sermonner et a reçu une copieuse amende. Sa prétention commençait à faire croire aux punitions du karma tant elle se faisait châtrer par les événements. Pendant un temps, tout cela s'est calmé, on pensait qu'il en avait assez. Le vétérinaire cantonal était venu faire une inspection de la ménagerie générale qu'était sa maison et avait affirmé qu'il devait avoir une autorisation pour les trente poules qu'il élevait dans un enclos dégueulasse. Mais le voisin n'a jamais fait les démarches, ça me faisait mal au cœur, ces volatiles, presque chaque matin quand je partais bosser, il y en avait un mort dans l'enclos, ou pire encore, agonisant dans la boue mêlée de déjections.

Ce voisin avait des colocataires et je m'entendais bien avec eux. Un soir où je siphonnais une bière en leur compagnie, une autre invitée est venue, elle avait aussi un grand chien. La cuisine de cette maison était petite et il y avait une écuelle. Alors, je vous laisse imaginer, deux grands chiens, une écuelle, cinq humains dans dix mètres carrés, ça fait beaucoup. D'autant que dès l'arrivée du voisin et de son clébard, le ton avait inévitablement monté, car même sobre il ne savait que hurler, alors pensez bien, ivre comme une roue voilée, il menait une polémique quelconque sur un objet politique qu'il analysait de façon simpliste, un peu comme une vidéo d'Alain Soral, mais avec moins de finesse.

Les chiens en ont eu marre de la tension ambiante et ont décidé d'interrompre l'histoire par un match de boxe. Ils se sont bondi dessus, c'étaient deux femelles et les chiennes se battent rarement, mais de façon impitoyable. Le voisin ivre a fait ce qu'il ne faut pas, c'est-à-dire s'interposer comme un arbitre dans un match d'UFC, mains en avant. Lorsqu'il a retiré son membre, il manquait un morceau de doigt jusqu'à la première phalange, le sang giclait. Il regardait ça, penaud, doigt tendu, visage blanc, il s'est enfin tu. Je me suis souvenu que lui aussi était séropositif, j'ai donc disparu fissa, pris une douche et rejoint mon lit, un peu dépité par ce que le monde venait de me donner comme spectacle, très heureux de me réfugier dans les bras de Tessy.

On a appris plus tard que leur maladie provenait d'un gang bang extra-conjugal. Ce sont des choses malheureuses qui arrivent. Personne ne mérite ça, pas même le roi du monde autoproclamé, même avec un karma merdique… Le pire, c'était que sa femme était la plus touchée alors qu'elle était plutôt sympathique, au vu du partenaire qu'elle se coltinait au quotidien.

Le calme a duré quelque temps, plutôt peu de temps à vrai dire. Un de mes colocataires avait aussi un chien. Un soir, alors qu'il se promenait, le berger suisse du voisin leur a foncé dessus et à nouveau, combat de chiens. Mon coloc est allé chez le vétérinaire et est revenu pour discuter de la facture avec le voisin. Le maître du monde, lorsqu'il a un chien, ne peut jamais être en tort. Le voisin a refusé de contribuer aux frais et a appelé la police pour porter plainte. Puis, il a menacé mon coloc d'abattre son chien, par SMS, car il avait une arme non enregistrée.

Seulement voilà, un petit roi du monde qui vit dans un village en faisant son argent avec de la dope depuis vingt ans, s'il ne s'est pas fait emmerder jusqu'ici, c'est que les autorités ferment les yeux parce qu'elles sont arrangées de contrôler le trafic local. Mais si le dealer tente de saisir la justice…

C'est ainsi qu'il s'est tiré une balle de gros calibre dans la jambe. Trois jours plus tard, il y avait les stups et un spécialiste des armes. Il a pris cher. Son installation de cannabis intérieur s'est vue confisquée, elle produisait tout de même un kilo d'herbe tous les deux mois. Tout cela représentait une vie confortable depuis longtemps. La police a aussi saisi sa comptabilité qu'il falsifiait en prétextant des ventes de seconde main sur Internet.

Un matin que je me rendais au boulot, je l'ai croisé et il m'a dit qu'il s'en secouait, d'une part, parce qu'il serait déjà à l'étranger lorsque la justice saisirait son cas, d'autre part, parce que sa famille venait de vendre un appartement et qu'il allait hériter une somme rondelette.

Évidemment, c'était énervant pour moi. Je voulais que la vie le punisse, je voulais que ma propre honnêteté soit rémunérée, c'était l'injustice commune.

En même temps, lui serait malade toute sa vie… En songeant à cela, j'ai eu à nouveau ma mauvaise conscience habituelle de souhaiter la flagellation à d'autres, j'aurais mieux fait de m'en secouer, de vivre ma vie, mais ce n'est pas facile lorsqu'une personne a été régulièrement arrogante à votre encontre.

Finalement, le maître du monde est parti vers l'Albanie se trouver un autre monde et éviter la prison. Cadeau du ciel. C'était bien, ça nous rendait l'air qui nous était dû.

5

Il y a parfois des choses qui vont très vite. Ce jour-là, j'ai perdu mes perspectives professionnelles aussi rapidement que fond une branche de chocolat oubliée dans un jean en pleine canicule. J'étais au boulot, le patron avait l'air emprunté. J'ai tenté de lui tirer les vers du nez. Il semblait avoir perdu la foi.

Les prises de corégones et de perches n'avaient cessé de maigrir pendant les dernières semaines. La mort dans l'âme, le patron m'a dit que je pouvais terminer mon stage avec lui, si je voulais, mais qu'il mettrait définitivement la clé sous la porte à la fin de cette année. Il avait aussi contacté les autres pêcheurs du lac, mais leur situation était similaire, personne ne pouvait plus engager un apprenti. Ça m'a fichu un coup, de passer d'une certitude concernant l'occupation et le financement des années à venir, à plus rien.

En rentrant sur mon vélo, j'ai songé que je voyais trop souvent le mauvais côté des êtres et que cela me retombait sur le coin de la figure. Je me disais que j'étais un sale type, que c'était mon karma qui me plombait. Après quoi, me reprenant un peu, j'ai conclu que cette histoire de karma était un chantage stupide, hérité des croyances de mes parents. Tout cela n'existait pas.

Il fallait maintenant avouer ce revers à Tessy, ça me faisait peur. Je n'avais pas idée de comment elle prendrait cette incertitude qui revenait. Je ne savais pas comment aborder ce sujet et pour éclaircir mes idées se concernant, je me suis arrêté sur un banc qui bordait le lac de Biu. J'ai eu les larmes aux yeux, bordel d'avenir qui se refusait à moi… Je ne continuerais pas le stage, il fallait que je trouve un plan qui tienne la route, quelque chose qui me donne des perspectives.

Un de mes vieux copains d'école, Vincent, se promenait par là. Il s'est assis à mes côtés et nous avons refait les années où nous ne nous étions pas vus. Lui s'en sortait moyennement bien, il habitait un petit appartement d'un proche village, était chauffeur-livreur pour une grande entreprise horlogère après une aventure d'autoentrepreneur qui l'avait endetté et démoralisé.

On a parlé des anciens copains d'école, ce qu'ils étaient devenus, la plupart avaient choisi de reproduire la vie de leurs propres parents, avoir des enfants, reprendre l'entreprise familiale, la maison de leur enfance, ou même en bâtir une dans le même quartier. D'autres ne revenaient dans la région que pour Noël, ils vivaient loin, avaient fait de hautes études, vivaient dans un autre monde.

Quelques-uns aussi avaient mal tourné, hôpitaux psy, dope. Particulièrement, Benj, un de nos anciens meilleurs amis avec qui nous avions fait les quatre cents coups. Vincent m'a expliqué qu'il avait un appartement dans une maison attenante à la sienne, mais qu'ils ne se voyaient jamais. Après s'être fait tabasser dans un train, il semblait avoir eu un choc émotionnel ou une commotion, quelque chose qui l'avait fait passer d'un gars soigné, toujours très propre sur lui, à un drôle de personnage vivant avec six chiens effrayants, traînant une mauvaise odeur loin derrière lui et au visage effrayant, car il n'avait pas réparé ses dents depuis ce jour où il avait reçu des coups.

« Mais bon, Vince, t'as quand même essayé de rentrer en contact ? »
« Ouais ben, c'est pas facile, il sort qu'au milieu de la nuit, il est devenu quelqu'un d'autre, mais j'ai essayé. Il semble plus très intéressé et il me doit du fric. »

Vincent a repris avec son histoire d'autoentreprise. Il y a peu, le cannabis légal avait fait un grand boom. Lui avait bondi sur l'occasion, tous les signaux semblaient au vert pour se faire des sommes rondelettes. D'autres avaient investi avec, notamment, Benj qui n'avait pas les moyens. Vincent a donc augmenté l'emprunt fait à la banque, pour aider Benj et l'intégrer. Mais manque de chance, les prix du cannabis avaient chuté. L'entreprise aurait pu fonctionner tout de même, mais les rémunérations auraient été maigres pour un travail faramineux. Puis, il y a eu des prises de bec entre collaborateurs et l'inévitable effondrement du projet.

Problème, l'emprunt à la banque, lui, était toujours là. Il restait quatre-vingt-cinq mille francs à rembourser et ça, avec un salaire de chauffeur-livreur, en plus du reste de la vie, ce n'était pas facile. Il a dit qu'il en avait pour une dizaine d'années de remboursement.

« Alors, t'as arrêté la culture ? » que j'ai demandé.
« Non, pas complètement, je fais encore un peu de génétique et quelques commandes de boutures. »
« OK, mais pas assez pour me refiler quelques heures de boulot ? Par hasard ? »
« Ben écoute, ouais, mais ça sera vraiment quelques heures, quand il y a une grosse commande. »

On a échangé nos numéros de téléphone et je suis reparti vers la maison avec la tête pleine. Il fallait maintenant avouer à Tessy la nouvelle situation. J'avais peur comme lorsque je rentrais de l'école en devant annoncer une mauvaise note.

Tessy ne l'a pas mal pris. Elle savait que ça me refilait assez d'angoisses pour ne pas en rajouter, c'était stupide, pourquoi avais-je peur d'elle ? Pendant la nuit, j'ai fait des cauchemars, le vent soufflait et arrachait la toiture de la bâtisse où nous habitions. En m'éveillant, il a tout de même fallu plusieurs dizaines de minutes pour que je sois certain qu'il n'y avait rien d'endommagé.

Le terme s'approchait furieusement, restait deux mois, une sorte d'urgence étrange gonflait en moi. Je songeais à Vincent, la somme de ses dettes, le fait qu'il ne se laissait pas abattre. J'ai remarqué que j'étais jeune, du bon côté du monde, en bonne santé, j'avais un toit, j'avais l'amour, j'allais avoir un enfant. L'existence n'était pas si terrible, seulement incertaine comme une partie de pêche.

Il fallait urgemment trouver un plan, un vrai plan pour ne plus avoir à me soucier de la question financière.

Depuis mon lit, j'ai réfléchi, cherché sur Internet, espéré une idée qui ne venait pas. Les poules du voisin caquetaient agaçantes, ça me rendait fou de ne pas trouver la solution qui permettrait d'enfin apaiser ma nouvelle responsabilité : pourvoir aux besoins d'une famille.

J'ai commencé à lire des articles sur les cryptomonnaies, à regarder des vidéos, à observer les cours. Toutes les fluctuations semblaient d'abord incompréhensibles, puis au fur et à mesure que j'absorbais la matière, tout semblait devenir plus clair.

Trois jours plus tard, j'ai abandonné l'éthique qui m'empêchait de spéculer. Produire de la valeur sans fournir d'effort, sans produire de service, cette idée m'avait toujours posé problème. Mais j'ai conclu que la plupart des grosses fortunes s'étaient constituées comme cela et qu'il ne fallait pas laisser plus de privilèges à des connards. Mon compte affichait des économies de huit mille francs, j'en garderais deux pour pallier les catastrophes et investirais le reste. Tessy était sceptique avec mon idée « tu viendras pas pleurer si tu perds tout, ça risque de nous mettre dans la merde ». Avant même d'avoir commencé à placer mon argent, la pression était déjà au maximum. Mais c'était le moment d'acheter, les valeurs venaient de chuter massivement, un heureux hasard qui me souriait exactement quand j'en avais besoin.

Ce que j'avais compris, c'est qu'il ne fallait pas vouloir gagner beaucoup en peu de temps, qu'il fallait investir et attendre patiemment. Je n'en avais pas les moyens et la fenêtre de temps que j'avais était de deux mois. Je me suis mis dans une bulle, pendant une semaine, puis deux, faisant de rares transactions où je gagnais chaque fois un tiers de mon investissement. Les frais étaient élevés, j'y perdais un peu, mais globalement mon pécule augmentait.

Même lorsque j'allais aux toilettes, je gardais mon téléphone sur moi, paré à réagir. Devant la glace, j'ai vu que j'avais à nouveau de gros cernes et la face blanchâtre… C'était le prix de l'argent facile.

Pendant cette période où je n'ai plus passé beaucoup de temps en compagnie du soleil, j'avais réussi à doubler mon investissement de base. J'ai retiré la somme et continué avec mes gains, c'était une bonne chose, mais le montant était encore insuffisant et je risquais encore de perdre mon bénéfice.

Les chiffres avaient quelque chose de magique, imaginez votre argent, comme un bateau pneumatique qu'on gonfle petit à petit. J'en voulais plus, encore plus.

Mes muscles, lorsque j'allais en ville, me faisaient mal, j'effectuais mes courses à la va-vite, achetant de la mauvaise bouffe, je sentais que mon ventre grossissait, j'étais tendu, fumais un paquet de tabac par jour. J'aurais eu dix ans de plus, mon corps aurait été un bon candidat à l'infarctus. J'ai continué dans les sueurs froides, jusqu'à ce moment où j'avais réussi à faire tripler ma somme de base. Selon les blogs de recommandation, c'était le moment de retirer mon argent. J'avais fait douze mille francs de bénéfices.

Arrêter complètement après une telle réussite n'était pas envisageable, alors j'ai laissé un petit mille d'investi, tout en tentant de décoller mes yeux de leur nouvelle habitude d'écran.

Enfin un peu de chance, de justice en ce bas monde.

Au hasard d'une soirée, une connaissance m'a affirmé que l'entreprise qui l'embauchait comme déménageur avait besoin de renfort. J'ai hésité, je me suis dit que c'était un retour en arrière, mais j'avais de l'expérience, et le salaire horaire proposé me faisait faire de gros yeux. Redevenir ouvrier des basses besognes, mais à prix presque honnête… Alors, ce soir-là, j'ai dit que je chercherais tantôt du travail, pas tout de suite, mais tantôt. Comme j'avais ma réputation de type fiable, dur à la tâche, je savais que j'allais recevoir un appel, un jour.

J'avais de quoi voir venir, même si je tenais mordicus à garder mon pécule. Tant que je n'avais de travail, j'allais à la pêche, je vendais ce que nous ne mangions pas, le temps passait et le terme s'approchait. J'ai eu peur lorsque la sage-femme est venue nous rendre visite pour un accouchement qui devait avoir lieu à la maison. Peur qu'elle contacte les autorités pour dénoncer notre habitat de zone grise, mais elle n'en a rien fait.

Peu avant l'accouchement, deux semaines avant la date, l'entreprise m'a contacté, quelqu'un s'était blessé. Le patron était en vacances, depuis une île quelconque, il m'a appelé et dit que normalement, il n'embauchait pas de personnes sans les voir. Cette fois, il n'avait pas le choix. J'ai reçu une adresse, une heure de rendez-vous, nous avons installé un monte-charge et sommes entrés dans l'appartement.

Un seul coup d'œil promettait une longue journée. L'appartement puait le renfermé, beaucoup de meubles n'avaient pas été bougés depuis vingt-cinq ans. Les clients n'étaient capables que de se mettre en travers du chemin. Ils n'avaient pas terminé d'emballer leurs affaires. Des collections de VHS, de cassettes audio, de vieux livres illustrés grand format, de petites boîtes remplies de coupures de journaux, des médailles et des coupes, des tapis poussiéreux à rouler dans toutes les pièces, la cuisine avec de la vaisselle encore sale, le carrelage avec des gouttes de vieille huile de friture… Les autres déménageurs marmonnaient, je n'avais pas de temps pour cela. J'espérais seulement que notre enfant n'allait pas se décider à naître maintenant. À midi, après cinq heures de travail à six personnes, nous avions fini de charger. Nous n'avons pas pris de pause pour manger. Il fallait rouler une centaine de kilomètres pour décharger. Les véhicules étaient tous en surcharge, un contrôle de police et c'en était fait du permis des chauffeurs… Nous avons partagé un pain, une tranche de fromage et un Red-Bull chacun, puis avons repris le boulot. L'ascenseur de l'immeuble était petit, ce n'était pas ce que le client avait dit. Tous les meubles devraient être montés au sixième, par les escaliers. Misère. Nous tous, déménageurs, avons travaillé comme de beaux diables, les uns et les autres appelant leur famille, leurs compagnons, pour dire qu'ils ne rentreraient que tard. Sales et les mains grasses, nous avons terminé, quinze heures plus tard.

Deux jours plus tard, rebelote. Même nombre d'heures, autre cadre. Ça commençait dans une villa extrêmement guindée, quartier résidentiel huppé, surplombant le lac de Biu et se poursuivait dans une maison très moderne de la capitale suisse. Lorsque nous sommes entrés dans l'appartement fraîchement rénové, un décorateur d'intérieur très efféminé était assisté par trois jolies filles. Ils accrochaient une lampe faite sur mesure qu'il « ne fallait ab-so-lu-ment pas effleurer ». Lorsque le prix du loyer a été divulgué par la cliente, j'ai senti mes tripes faire un triple nœud. Cinq mille cinq cents francs sans les charges. Bon ça valait son prix, chaque chambre était un loft, il y avait une terrasse de quarante mètres de long avec vue imprenable sur les Alpes. Comme les clients étaient agréables, je ne leur en ai pas voulu d'être blindés aux as. Sauf peut-être au fils qui avait mon âge, mais était une crevette incapable de nous servir à quelque chose, chaque fois que je tentais d'activer la noble mécanique qu'aurait pu devenir son corps, il se cachait de pièce en pièce, puis derrière sa môman. J'ai donc déclaré forfait après quelques heures de harcèlement. Tout s'est bien terminé, sans pourboire, les autres déménageurs avaient commencé à picoler deux heures avant la fin du boulot, moi pas. Par contre, je me suis enfilé trois demis dans le camion, tout en sentant bien le spectre de la picole qui tentait de reprendre possession de moi.

Finalement, en deux jours de turbin, j'avais bien gagné ma vie. Trente heures de boulot moyennement payé faisaient tout de même une petite semaine de salaire en échange de fitness et la possibilité de garder mes petites économies. J'ai eu quelques courbatures et droit à un massage, puis un repas fait par Tessy.

Le cliché du mec qui bosse, boit ses bières et met les pieds sous la table, voilà l'image qui m'habitait. Le lac me manquait déjà, je me suis promis d'aller à la pêche aussi vite que possible, mais les appels du patron n'ont plus cessé. Je voulais garder ma place de travail, je ne pouvais plus dire non. Les jours disparaissaient comme des secondes. Puis une nuit, Tessy a perdu les eaux. Le bébé était dans une position de siège, nous avons abandonné l'idée d'accoucher à la maison.

Un fils nous est né. Le cinq du mois d'octobre, Hercules, petite créature magnifique, nous a fait oublier nos difficultés pour un temps. Ses petits yeux nouvellement ouverts sur le monde donnaient l'impression de recommencer la vie et il semblait être en pleine forme. Tessy était bien impactée par la césarienne, mais elle reprenait rapidement des forces.

Je rejoignais l'hôpital chaque jour, dès l'heure d'ouverture pour les pères. On nous avait bien proposé de louer « une chambre famille », les concepts business se logent partout. Nous avions décliné poliment la proposition, le prix étant rédhibitoire. Pour les soignants, l'argent ne semblait pas pouvoir être une question, j'avais détourné le regard en cherchant un point de fuite, une boule dans la gorge d'être rappelé à ma condition en pleine maternité.

On pourrait se dire que j'avais les moyens, oui, peut-être, mais lorsque vous n'avez rien eu pendant un temps, que vous n'avez pas l'assurance que quelque chose vienne graisser votre compte dans les mois à venir, vous ne dépensez pas.

Nous ne désirions pas trop de visites, la sœur de Tessy est passée, puis Luca deux jours après, tous deux suivant le rituel de l'offrande au nouveau-né. Avec mon nouveau statut de père, j'avais l'impression soudaine qu'un monde nous séparait. L'idée de spontanéité dans la vie me semblait devenue complètement inaccessible avec ma situation.

La chambre abritait une autre femme et un autre bébé. Le père, un jeune type aux magnifiques yeux d'émeraude, appelait lorsqu'il s'éveillait, vers quatorze heures et passait souvent rapidement, demandant à sa femme « tu as donné le lait » lorsque leur enfant pleurait, pouvait-elle oublier cette tâche ?

La mère avait abandonné l'allaitement et nous avait vendu un tire-lait pour quelques francs, elle était inscrite au service social et semblait heureuse de se faire un peu d'argent de poche. Pour nous, c'était du pain béni, nous savions bien que tout le matériel pour nouveau-nés était hors de prix.

Le temps de la sortie est arrivé, Krebou est venu avec son bus et nous a ramenés à la maison. Je tentais d'imaginer ce qui se passait à l'intérieur de la tête de notre enfant, ce devait être fou de n'être entouré que de nouveauté. Hercules ignorait une chose aussi terrible que belle pour lui. Il était né du bon côté des mondes et des frontières, pas forcément dans la plus idéale des familles, mais il aurait de l'amour, et de quoi vivre, ce n'était de loin pas le cas de tous.

Un ami nous a offert un grand sac d'habits, tout ce qu'il fallait pour une année entière. Puis quelques cadeaux sont venus, ci et là, d'autres amis, de la famille de Tessy, Hercules connaîtrait même quelques habits neufs.

Le petit avait un bon tempérament, ne pleurant que rarement pour exprimer le désaccord ou l'inconfort.

Puis, le monstre endormi s'est éveillé. Non pas l'enfant, mais ses conséquences administratives. Comme nous n'étions pas mariés, je devais établir une reconnaissance de paternité. Pour ce faire, il fallait avoir un acte de naissance. Pour avoir droit aux allocations enfant, il en était de même.

Pendant que j'étais à l'hôpital, j'avais pris de l'avance, effectué les démarches qui étaient de mon ressort. Je ne songeais pas un instant qu'il faudrait encore attendre des mois pour arriver à obtenir des rendez-vous et régler toute la paperasserie. À mes yeux, lorsqu'on s'y colle, c'est pour arriver au bout, finir les démarches, ranger le tout dans un classeur et passer à autre chose. Mais non, tout cela ne fonctionnerait pas si facilement. L'office d'état civil avait du retard. L'administration avait dû reporter tant de mariages à cause de la maladie qu'obtenir un rendez-vous signifiait attendre une centaine de jours au moins.

Ma première paie avait été versée, j'avais aussi reçu un avertissement de l'office des poursuites qui mentionnait que chaque fois que mon salaire serait supérieur au minimum vital, ils allaient le ponctionner pour rembourser mes dettes. J'ai demandé un décompte et cela représentait l'entier de mes réserves. Je savais qu'il était possible de négocier certaines créances, j'ai effectué la procédure et l'office m'a répondu que j'avais trop peu de moyens pour rembourser, ils refusaient de me faire une proposition. Désespérant.

Peu importe, Hercules grandissait bien, mais son caractère bien trempé faisait que rien ne servait de lui tendre un biberon, c'était des seins ou rien, ce qui limitait Tessy dans son quotidien. Je continuais à faire des déménagements, parfois marqué de cernes kilométriques, avec l'impression que le seul élément de mon existence qui avançait était notre fils. Hercules faisait quelques premiers sourires des anges. Cela atténuait un peu la douleur de traverser des jours répétitifs au possible, qui se finissaient par de plus en plus de bière et une terrible tristesse d'être comme piégé, une fois de plus. Tessy, elle aussi luttait, comment s'occuper pour l'instant ? Puis comment remettre un pied dans le boulot dans les mois à venir ?

Cloîtrée dans la chambre, elle cherchait sans cesse, écumait les offres d'emploi, temps partiels, quelque chose qui pourrait convenir sans pour autant devoir déposer le petit dans une crèche qui coûterait autant que ce que nous pouvions gagner.

Trois semaines plus tard, nous avons reçu un acte de naissance qui contenait trop d'erreurs pour s'en servir lors d'autres démarches qui nécessitaient ce sésame.

Autour de nous, la maladie allait et venait, reprenait de plus en plus d'ampleur, faisait fermer de nombreux commerces. Cela ne m'affectait pas, car je n'avais rien à perdre dans une énième histoire de crise qui ne changeait pas le goût de mes pâtes premier prix. Par instants, cette maladie me plaisait même, me sentir moins seul dans cette urgence du quotidien, que tous ces autres qui pouvaient se payer des habitudes devaient se remettre à réfléchir, qu'ils ne puissent plus s'asseoir sur leur existence, tous ces clampins que j'avais déménagés, par exemple, qu'ils doivent y foutre pour une fois dans leur vie, serrer les dents, porter ne serait-ce que leur propre merde à bout de bras. Oui, j'étais parfois heureux, ça impliquait de changer, et que je n'avais pas eu le choix, moi, changer, j'avais dû et ça ne m'avait pas fait que du mal.

Ceux qui ne pouvaient plus aller au bistrot se plaignaient, ceux qui ne pouvaient plus partir en vacances faisaient de même… « Mais on s'en tape », que je leur aurais volontiers répondu, « on s'en tape que ton existence réside là et que tu ne trouves pas assez de joie à vivre pour prendre autre chose, parce qu'il y a infiniment de choses à prendre et à voir ».

J'ai décidé ce jour-là de faire mon chemin avec une plus grande indépendance et si possible en exerçant une activité qui ne pouvait pas subir les aléas de la maladie. J'ai appelé Vincent en lui passant commande pour le mois d'avril. Cent boutures d'une variété de cannabis CBD qu'il estimait facile à vendre. Je n'avais pas d'endroit pour cultiver, mais j'allais en trouver un.

Sinon, je continuais les déménagements, ils étaient devenus fades, je m'ennuyais dans ce boulot. Le temps passé en compagnie d'Hercules était mieux investi, même si Tessy devait presque toujours rester à la maison pour allaiter, elle pouvait sortir pour des périodes de plus en plus longues. Dès que j'en avais le temps, j'observais les terrains vagues des villages alentour. Il y en avait un qui semblait tout destiné à mon idée. Bordant une petite maison excentrée de bled, un terrain vague où se tenait encore la structure métallique d'une grande serre industrielle. Un jour, j'ai pris mon courage à deux mains et j'ai frappé à la porte de la maisonnette. Une vieille dame est venue ouvrir, me voyant, elle sembla effrayée. J'ai pris l'initiative de lui dire que je ne voulais rien lui vendre, mais que je me demandais ce qu'il en était de ce terrain, à qui il appartenait. Elle a répondu que c'était le sien, qu'elle avait des ennuis avec, devant payer des sommes colossales pour l'entretien effectué par la commune. Je lui ai demandé si je pouvais avoir un droit d'usage pour une année en échange de l'entretien de la parcelle. Elle a pris mon numéro de téléphone et dit qu'elle demanderait à ses enfants, qu'elle était incapable d'en décider seule.

Son appel est venu le lendemain, je portais des cartons de documents lorsque mon téléphone a vibré. Nous déménagions une partie de l'administration du service social. La bonne nouvelle m'a ravi, je pouvais utiliser le terrain de la vieille dame comme bon me semblait tant que je l'entretenais. J'ai soudain redoublé d'énergie et porté les cartons trois par trois.

J'ai commencé la semaine suivante à défricher. C'était un travail plus rude que je l'avais pensé, les ronces avaient envahi une bonne partie de la parcelle. La vieille dame était d'une très grande gentillesse, elle m'apportait du thé, quelquefois un goûter de chocolat, de pommes et pain brun, elle s'appelait Marguerite et me parlait de sa vie solitaire depuis que son mari était décédé. Je lui ai aussi parlé de ma propre existence, ma compagne, Hercules, la galère du travail et de l'argent.

L'hiver s'approchait et la sueur glaçait le corps lorsque je m'arrêtais pour fumer une cigarette. Je n'avais comme instruments qu'une pelle, une pioche, une scie et une hache. Un jeune type barbu est passé pendant le troisième jour où j'effectuais mon petit massacre de broussailles. Il m'a demandé ce que je voulais faire, j'ai répondu que j'allais cultiver une partie du terrain. Il m'a proposé de poser ses cochons laineux pour nettoyer le sol en profondeur pendant quelques semaines. Nous sommes allés demander à Marguerite qui s'est réjouie de l'idée. J'étais chanceux, cela me faisait économiser du travail et engraisserait le sol en plus de le nettoyer. Pendant cette période, je rentrais sale, faire à manger pour Tessy qui était heureuse de me voir ainsi, comme lorsque je revenais du lac, guilleret d'avoir avancé concrètement dans un travail en extérieur.

Puis vint l'hiver, brumeux et triste. L'absence de soleil était contrée par le visage d'Hercules. Lorsque j'en avais le temps et l'énergie, je marchais avec lui jusque chez Marguerite, qui se réjouissait de jouer à l'arrière-grand-mère. Ses propres enfants étaient loin. Un fils habitait à Zürich, revenant une à deux fois par année pour de brèves visites (elle avait dit « pour voir si je ne suis pas encore morte »), sa fille habitait en Australie avec des enfants déjà grands que la vieille dame n'avait vus que trois fois en chair et en os. Pour ma part, j'avais l'impression d'avoir une grand-mère.

En cette saison, il y avait moins de déménagements. La période de Noël approchait. Après que ma compagne est entrée en contact avec eux, mes parents m'ont envoyé un paquet de biscuits, un petit billet, un habit beaucoup trop grand pour Hercules et une lettre. Ma mère prenait une demi-page pour m'expliquer que si en plus d'être un enfant illégitime, il n'était pas baptisé, il risquait vraiment de lui arriver malheur. J'ai souri avec le poids d'une légère tristesse au fond de moi, comme avaler un petit caillou, me disant que définitivement « tant pis ».

Tessy m'a proposé d'inviter Marguerite pour un souper de Noël. J'ai trouvé que c'était une très chouette idée, même si je n'étais pas très branché fêtes traditionnelles.

Juste avant la fermeture des administrations à cause de la maladie, nous avons eu notre rendez-vous à l'office d'état civil.

On vous fait reconnaître l'enfant, on vous fait choisir qui se charge des tâches éducatives et finalement, on vous annonce directement la couleur de votre paternité administrative, deux cent cinquante francs la jolie fiche cartonnée, merci et au revoir.

Avec mon budget, cela représentait peu ou prou un mois de nourriture. Hercules méritait bien ça, il méritait bien tout ce que je pouvais lui donner, il n'avait rien choisi de cet édifice de papier mâché qu'était le monde administratif.

Passé la période des fêtes, les déménagements avaient repris. Encore porter la paperasserie de l'administration du service social. L'accueil, celui-là même où j'étais allé m'inscrire, se déplaçait. Les clients déboulaient et ne comprenaient pas que le bâtiment n'était plus en fonction. La collègue avec qui je travaillais, pour qui les assistés « sont des merdes », devenait littéralement hystérique chaque fois qu'un client cherchait une boîte aux lettres ou un assistant social. Elle en devenait limite violente. Comme de nombreuses personnes étaient de couleur, elle lâchait pléthore de commentaires xénophobes. De mon côté, je faisais mon boulot, me disant que ça lui appartenait. J'ai bien essayé de l'apaiser en lui expliquant « qu'on avait pas tous les mêmes ressources, la même capacité à se relever », mais elle m'a rétorqué « qu'il ne fallait pas se relever, suffisait de se lever, se ficher un pied au cul ».

Chacun son histoire. Elle bossait presque tous les jours pour la boîte de déménagement et avait en plus une entreprise de nettoyage, une petite fille et une maison avec un crédit de plus d'un million qu'elle rénovait avec son compagnon.

Un autre de mes collègues, plutôt extrême-gauchiste, devenait cinglé lorsqu'il devait bosser dans la même pièce qu'elle, je le voyais écraser les cartons qu'il portait, je voyais sa mâchoire se raidir. Pour moi, franchement, c'était très drôle, un vrai spectacle de cirque, j'ai toujours apprécié lorsqu'il y a de l'animation plutôt que de passer mon temps à porter de la merde. Mais voilà, le patron est arrivé, c'était un type bien, il menait son business avec neutralité, sans politique, un bon Suisse bien libéral. Tout le monde s'est tu et a bien montré qu'on portait avec assiduité et soin. Cette journée se finissait, je suis monté sur mon vélo glacial pour acheter mon pack chez le discounter. Tessy et Hercules faisaient leur première nuit à l'extérieur, chez la frangine, avec baignoire et tout le luxe. De mon côté, j'étais content de me beurrer le chou à la bière tout en bouffant des lasagnes surgelées.

Quelque temps plus tard, j'hésitais sérieusement à arrêter les déménagements. Mes rapports avec le patron s'étaient dégradés, car j'avais demandé une augmentation qu'il avait refusée. J'avais appris qu'il facturait ses ouvriers aux clients plus du double de ce qu'il nous payait. Puis, je l'ai glissé aux collègues après le refus du chef, ce qui a installé une mauvaise ambiance. Ce jour-là, on venait de prendre une pause-café et le temps était glacial, je m'étais refroidi. On portait un sofa mal pratique et en passant dans un angle serré, mon dos m'a soudainement fait mal. J'ai fini la journée à grande peine, crispant ma dentition pour soulever le moindre coussin.

Les deux semaines suivantes furent tout à fait merdiques. Je ne pouvais pas beaucoup aider Tessy, je faisais bien ce qui était possible, mais mon dos refusait généralement de collaborer. Puis, à force de donner du repos à mon corps, il y a pris goût et s'est laissé aller. Une terrible rage de dents a commencé à se manifester. Je pensais que ça allait se calmer, mais après une semaine, un funeste jour où je n'arrivais plus à avaler quoi que ce soit, j'ai dû me rendre, clopin-clopant, chez ce trou à fric qu'on nomme arracheur de dents. Je peux dire que sa seringue a été le meilleur moment depuis que je m'étais esquinté le dos. Plus mal nulle part, au moins pour quelques heures, c'était cher payé, mais c'était bien.

Puis, à force d'espoir et de petits exercices, j'ai commencé à aller mieux. Après un coup de fil au patron, la période où je cassais mon dos pour gagner des cacahuètes se termina définitivement. « Je suis déjà trop fichu pour bosser à ce prix-là. » Il avait raccroché, c'en était fait.

Un soir où enfin je pouvais à nouveau cuisiner, j'ai proposé à Tessy d'être père au foyer lorsque Hercules n'aurait plus besoin d'être allaité. L'idée l'a ravie, même si elle désirait aussi « le voir grandir ». Pour l'instant, elle avait trouvé un petit boulot auprès de Maguerite. Un mélange d'administratif et de ménage. Tessy pouvait faire une partie de la paperasse à la maison. De mon côté, j'ai retiré mes derniers deniers investis en cryptomonnaies qui avaient encore pris un peu de valeur, suffisamment pour tenir quelque temps.

Dès que j'ai suffisamment repris le dessus, j'ai poursuivi le défrichage, acheté un film plastique neuf pour la serre qui permettrait de gagner en température et en protection pour les plantes. Puis, j'ai demandé un devis à Vince pour les boutures. Dès qu'il me l'enverrait, je pourrais enfin calculer l'ensemble des coûts de ma petite entreprise. Selon l'état du marché, je pourrais produire l'équivalent d'un maigre salaire annuel en ne donnant que quelques heures de présence hebdomadaire.

Je me sentais entrepreneur pour la première fois de ma vie, j'étais fier et heureux, cette existence allait enfin me permettre de faire fructifier quelque chose. Spéculer avait fonctionné, mais produire de la valeur par un travail avant tout physique donnait un goût différent, un goût plus digne à cet argent qui entrerait.

6

« Tu sais, c'est agréable de bosser chez toi, enfin utiliser mon énergie hors de notre chambre et de la maison où je me sens comme un oiseau en cage. Ici c'est tellement propre en ordre, j'ai qu'à mettre un petit coup de frais, j'aime bien te faire un petit plat à l'occase et ta compagnie m'aide beaucoup. »
« Contente que ça te convienne, c'est pas toujours facile de mettre les pieds dans le ménage d'une autre. Moi aussi je suis soulagée avec ton aide, t'es efficace et je crois que j'en aurais pour des jours à régler l'administratif que tu fais en un claquement de doigts. Et te voir… C'est un peu comme si j'avais de la famille. »
« T'es trop chou, Marguerite. Allez, je mets les bouchées doubles, plus vite j'aurai fini, plus vite on pourra se faire notre petit apéro avec ton délicieux limoncello. »
« Ça marche, mais aujourd'hui t'en fais un peu moins que d'habitude, on se retrouve dans une heure et après, tu prends tu temps pour toi et tu vas faire une petite balade, ça te va ? »

J'avais un peu l'esprit troublé par le petit verre lorsque j'ai pris congé de Marguerite. Le chemin de la forêt me faisait du bien, j'ai rêvassé, j'étais triste de ne plus avoir de temps libre, je me demandais pourquoi je vivais comme je le faisais, où était le sens de ce sacrifice. Ma vie n'était pas catastrophique, mais je pouvais quand même rêver mieux. J'ai tellement envie d'aller marcher à la montagne et d'avoir le blizzard qui me nettoie le visage comme du papier de verre, d'oublier un peu la vie à la maison. Je ne sais plus ce que je veux, ce qui se passe est tellement différent de ce que j'imaginais. Je ne sais plus.

Arrivée à la maison, j'ai vu que le sol était crotté, j'ai hésité à sortir l'aspirateur et puis non, j'ai nourri Hercules, nous ai habillés chaudement et suis partie pour gravir la montagne de Biu. La nuit tombait, le chemin se laissait découvrir à la lumière de la lampe frontale, c'était beau, Hercules dormait blotti contre moi, le vent des crêtes était brutal, exactement ce dont j'avais besoin. Mon téléphone s'est mis à sonner.

« Salut Tessy, c'est moi, je fais à manger ce soir ? Tu bosses tard ou comment ? »
« Nan, écoute, j'étais un peu glauque aujourd'hui, j'ai décidé d'aller marcher pour transpirer tout ça et je sais pas quand je reviens. »
« Okay, euh… J'ai fait une connerie ? Comme l'impression que je devrais avoir mauvaise conscience. »
« Mais non, t'inquiète, si tu peux faire le ménage à la maison, ça suffit, prends ta soirée pour toi, on se retrouve au lit. »

Le vent faisait se balancer le haut des arbres, chênes et pins sur la face sud du Jura. La nuit me semblait pleine d'esprits et de fantômes, je poursuivais mon ascension avec Hercules qui était toujours aussi paisible. La crête se dessinait au fil des pas, la forêt s'ouvrait, ne restaient que quelques grands sapins formant un pâturage boisé où je voyais des taches blanches. Je soufflais pendant que la lune se dégageait, on voyait toute la région en contrebas remplie des lumières de la ville et des villages. Ma respiration profonde me faisait tellement de bien. Le monde des soucis me semblait resté en bas. J'ai regardé un moment, à rêvasser, puis repris le chemin du retour. J'étais vidée et plus légère, il fallait que je fasse ça plus régulièrement.

De mon côté, j'avais passé l'aspirateur, récuré, nettoyé notre cuisine de fortune, changé le lit, passé la poussière. Tout ce qui me semblait nécessaire pour laver ma conscience du petit malaise qu'avait provoqué le coup de fil avec Tessy. J'espérais qu'elle ne prendrait pas de risques, à marcher ainsi dans la nuit avec le petit. Que pouvais-je encore faire ? Il restait de la poussière dans ma tête, je ne me sentais pas encore tout à fait propre… Je suis encore allé lancer une machine à laver.

Plus tard, je me dirigeais en direction de la grande colocation avoisinant mon ancien appartement. Je ne m'y étais pas rendu depuis la naissance d'Hercules. J'espérais qu'on ne m'y ait pas trop oublié, qu'on veuille encore de moi pour une soirée. Je suis allé dans une station-service acheter une quantité respectable de bière, question de me sustenter, ainsi que d'offrir quelques coups. Depuis l'extérieur, la lumière de la cuisine collective était éclairée, on entendait des rires, j'ai été rassuré, il y avait de la vie, je n'allais pas devoir errer de bar en bar. Entré, l'accueil fut chaleureux, il n'y avait que des personnes que je connaissais, pas un seul voyageur. Deux vieux copains de misère tenaient le bout de la table, mangeant ensemble. Voilà des années qu'ils habitaient là, l'un, Kamani, avait la quarantaine, l'autre, Halim, dix ans de plus. Ils étaient ce qu'on nomme communément des sans-papiers. Le plus jeune ne donnait pas l'impression d'être en grande forme, jaune pâle comme une lune d'hiver, j'étais d'ailleurs surpris qu'il mange autre chose qu'une pizza surgelée, son aliment habituel.

Halim avait cuisiné un ragoût de légumes auquel je fus immédiatement convié. J'ai retenu ma question habituelle « comment va la vie » en prenant place à côté de Kamani. Il me confia immédiatement qu'il ne se sentait pas très bien depuis quelques jours. Halim semblait soucieux et je savais qu'il devait déjà s'occuper de sa propre existence. Halim avait beau s'en sortir mieux que son cadet, sa quinzaine d'années de petits travaux au noir avait simplement permis de surnager, de manger à sa faim, tout en craignant les rafles de la police, les arrestations régulières, suivies de passages en prison plus ou moins longs. Il en allait de même pour Kamani, seulement qu'à force de se faire arrêter, il ne sortait plus que jusqu'au supermarché le plus proche et restait cloîtré chez lui, jouant à des jeux vidéo de seconde main. Kamani subsistait avec des dons de son frère qui habitait en Allemagne, et quelques amis qui lui donnaient un occasionnel petit billet. Quelques jeux de football, autant de pizza à deux francs chez un hard-discounter… Il pouvait être un peu fatigant, car une de ses principales activités sociales résidait dans le fait de se plaindre, sinon pour beaucoup de tâches usuelles, il fallait le prendre par la main. Pour son chauffage par exemple, histoire dont j'avais eu vent. Les autres habitants lui avaient tout préparé, apporté un poêle à bois au troisième étage, coupé les tuyaux pour le raccordement, prêté les outils. Mais le poêle était resté deux ans dans un coin de la pièce, jusqu'à ce qu'un de ceux qui avaient prêté ses outils ait terminé le montage en un quart d'heure.

Dans cette pièce, tous avaient des moyens financiers très limités, mais les situations de vie étaient très diverses. À côté des sans-papiers ni perspectives, d'autres picolaient de la bière fraîche dans une belle ambiance. Je faisais de même, en écoutant avec lassitude la complainte de Kamani. Après lui avoir roulé une cigarette, je me suis tourné vers Halim, lui demandant s'il continuait à aller à la mosquée, malgré la maladie. Les autorités déconseillaient les rassemblements, mais n'interdisaient pas les offices religieux. Halim continuait à aller prier, si possible plusieurs fois par jour. Mais la sociabilité, me dit-il, et surtout la solidarité, n'était dans la mosquée pas différente d'ailleurs, pas grand monde pour l'aider avec sa situation. On sentait un peu de dégoût et de frustration dans sa description. J'ai bêtement conclu pour moi-même que ce devait être une torture de vivre parmi des mécréants de notre espèce.

À cet instant, Bébert est entré dans la pièce, tout gaillard, accompagné d'un chien. Il laissa échapper qu'il avait déménagé chez sa compagne, le clébard, un bâtard à trois pattes, appartenait à madame. Le pote revenait une ou deux fois par semaine à la co-location. Je supposais que c'était sa planque pour picoler. Il avait une bouteille de vodka entamée et un cageot de bière dans le même état. Tanguant, il est allé vers la chaîne hi-fi et a diffusé un vieil album des Béruriers noirs. Nous avons entamé une partie de baby-foot, il m'a servi un shot de vodka, je me suis retenu d'en avaler un second. Il avait retrouvé un peu de travail, ses cigarettes industrielles en attestaient.

« Tu fous quoi ces temps, Bébert ? Et ça va, le gamin ? »
« J'ai monté une petite entreprise de rénovation et j'entretiens des jardins. »
« Ah cool, ça marche bien ? »
« Ça commence à venir, j'ai deux ou trois gros contrats qui devraient commencer, faut que je fasse des devis… »

Après le mot devis, il a semblé troublé pendant quelques instants, puis s'est repris en ouvrant une bière. Le chien semblait perturbé, il gémissait un peu.

« Tu vas ramasser, je te parie un paquet de clopes que tu vas perdre. »

Je savais d'avance qu'ivre, il était aussi dangereux pour lui-même qu'un flambeur au casino, de surcroît, incapable de jouer au baby-foot dans cet état. J'ai gagné un paquet de clopes industrielles, elles m'ont fait repenser à notre ancien patron duquel j'étais sans nouvelles depuis une éternité. Bébert s'apprêtait à m'en donner lorsque Halim a déboulé en trombe de l'étage supérieur. Le chien s'est mis à hurler. Halim semblait à la limite de la syncope, il exigea qu'on le rejoigne vite, Kamani avait un problème, il l'avait retrouvé à genoux dans les escaliers, incapable de dire depuis combien de temps il était là.

« J'appelle une ambulance ? » j'ai demandé.
« Surtout pas, peut-être un taxi, sinon ça va le mettre dans la merde, il a pas de papier, encore moins d'assurance. »

Kamani avait du mal à poser un pied devant l'autre, on voyait à son regard qu'il était effrayé, il n'arrivait plus à parler qu'en bégayant, avait du mal à boire au verre d'eau que nous lui tendions. J'ai appelé un taxi, tous ceux qui étaient présents ont rechigné deux minutes pour faire un pot commun et payer.

Plus tard, pour calmer ma mauvaise conscience de ne pas être allé aux urgences, j'ai appelé l'hôpital et ils avaient bien reçu « Kamani El Senour », me disant qu'il n'allait pas bien et qu'il avait fait un accident vasculaire cérébral plusieurs heures auparavant, mais qu'il ne risquait pas de mourir.

« Vous avez une adresse pour la facturation, vous êtes de la famille, ou au moins un contact à nous donner ? »

J'ai répondu que je n'étais qu'une connaissance, que monsieur El Senour se chargerait lui-même de donner un contact. Même aviné, je me souvenais du dernier événement de ce type, où un ami avait ensuite reçu la facture de l'hôpital à son nom et perdu beaucoup de temps pour s'éviter de payer quelques milliers de francs.

J'ai finalement bu une vodka supplémentaire, puis encore une bière, mais mon esprit n'était plus à la fête. Autour de moi, la musique forte résonnait, d'autres personnes jouaient au baby-foot, je me sentais complètement étranger au monde. Après avoir pris congé, je suis monté sur mon vélo, il pleuvait, le chemin était beau avec ce sol noir et brillant, mon corps allait bien, je respirais à pleins poumons l'humidité me sentant chanceux et profondément vivant. De la tristesse m'habitait, songeant à Hercules et à ce que nous lui remettions comme héritage, quels rapports sociaux ? J'espérais qu'il verrait moins de merde que moi. Puis, j'ai pédalé avec force, me jurant d'être combatif pour mes proches, au moins pour Tessy et Hercules. En arrivant à la maison, tous deux dormaient comme des pierres.

Les jours avaient retrouvé leur douceur. L'éternel brouillard de Biu se faisait de plus en plus rare et des crocus de toutes les couleurs teintaient les prés. Tessy revenait du boulot. Passé la porte, elle déposa Hercules dans son berceau.

« Elle baisse, Marguerite, t'as remarqué ? »
« Comment ça ? Tu veux dire qu'elle vieillit ? »
« Ben côté déplacement, ça va, mais elle oublie de plus en plus. Le pire, c'est qu'elle en est consciente, elle m'a fait rédiger des directives anticipées au cas où elle aurait un problème de santé. »
« OK, mais c'est pas un peu louche ? Tu crois qu'elle a chopé une saloperie ? »

« Je crois pas, va savoir, elle a rien dit de plus, je crois que c'est juste normal, vieillir. »
« Si c'est OK pour toi, je vais bosser au terrain cet après-midi, je vais lui tirer les vers du nez. »
« Nan, vas-y, fais pas ça, gros, elle nous dira si elle juge bon de le faire… »
« Mouais. »
« Allez, va bosser et penses-y plus, je vais aller profiter du printemps en me promenant, alors prends ton temps, par contre ça m'arrange si je dois pas penser au souper ce soir. »
« Ça roule, pas de problème, je vais faire un bon truc. »

J'ai pris mon vélo et comme j'avais le temps, j'ai emprunté le chemin de la forêt. La tiédeur me mettait de belle humeur et je chantonnais, une silhouette devant moi fit que je me tus. Kamani se promenait là, lui qui d'habitude ne sortait jamais loin de son logis.

« Hey, mon vieux, j'avais entendu que t'allais mieux, mais je m'attendais pas à te voir. »
« Oui, le docteur a dit que je devais marcher à la forêt et que je devais plus fumer les cigarettes, la famille, ça va ? »
« Ça va bien. T'es sérieux ? Toi tu fumes plus ? Incroyable, t'as l'air en forme. »
« Merci mon ami, et tu as pas eu les nouvelles de Halim ? »
« Non pourquoi ? »
« Il est dans l'hôpital, avec le coma. Il a attrapé le virus des vaches. »

J'ai pris congé de lui en demandant d'être tenu au courant de l'évolution de la situation. Quelques larmes coulaient sur mes joues.

La terre n'avait jamais semblé aussi lourde. Lorsque Marguerite est sortie pour partager un thé, j'étais à bout de forces. Heureusement, tout était prêt pour planter les boutures que je recevrais quelques jours plus tard. Marguerite m'a changé les idées, remarquant que quelque chose clochait. Je lui ai expliqué la situation et elle a conclu de son optimisme résigné « qu'on avait bien de la chance, d'avoir la santé en plus des papiers et qu'il fallait des histoires comme celle-là pour qu'on s'en rende compte ».

« Ouais, t'as raison. Bon, j'en ai un peu marre de penser à de la merde… Si jamais, je viens planter tantôt, il y aura bientôt une centaine de petites vies dans cette serre. Je me réjouis de les voir grandir… Bon, à tout bientôt, faut que j'aille faire des courses, merci pour le thé. »

Vince avait de bonnes nouvelles, les plantes seraient tantôt prêtes. J'ai effectué un versement, son prix était très honnête.

Lorsqu'il m'a livré, une semaine après, il y avait trente boutures supplémentaires offertes « au cas où t'aurais de la mortalité pour une raison ou une autre ». Sauf malchance monumentale, ce cas de figure n'arriverait que si je faisais une grosse bêtise, en l'occurrence, du mauvais travail. Planter et arroser m'a pris plus de temps que je le prévoyais.

Dès lors, le temps s'est mis à filer. Hercules commençait à essayer d'avancer, il était plutôt précoce. Nous passions énormément de temps au bord de l'eau, il acceptait bien que je pêche, je taquinais la perche et il faisait la sieste dans le porte-bébé. Parfois, je le prenais avec moi pour arroser, il m'envoyait des regards curieux depuis la poussette et adorait que je lui passe un tissu mouillé sur la tête. Les journées étaient redevenues très chaudes et les plantes poussaient au-delà de mes espérances, je ne deviendrais pas riche, mais je pouvais espérer être payé très honnêtement comme le coût principal était mon travail. Tessy avait plus de travail auprès de Marguerite qui s'était blessée à la hanche en trébuchant. Nous nous retrouvions parfois les quatre pour une grillade au jardin, profitant des soirées qui s'allongeaient et de la riche tranquillité d'une ambiance familiale. Mine de rien, un regard plus mûr sur l'existence m'avait manqué, comme je ne l'avais pas reçu de mes vieux et que ceux de Tessy étaient loin. Comme l'ambiance ne se prêtait pas à l'ivresse, je buvais moins.

Quelquefois, je me rendais auprès d'Halim, il gardait de graves séquelles de sa maladie et de son arcoma. Ses facultés avaient diminué en général. Il arrivait à parler avec lenteur, à se déplacer de quelques pas pour se rendre aux toilettes, mais tôt ou tard, il se retrouverait quelque part, j'espérais pour lui que ce soit une résidence pour personnes âgées. Même si ses colocataires faisaient des tours pour s'occuper de faire son ménage et de lui apporter à manger. Il savait que cette situation n'était pas viable, ça le déprimait, tout comme l'impossibilité de se rendre à la mosquée. Avec un sourire triste, il avait conclu être un fantôme, après avoir vécu une existence qui n'avait jamais vraiment eu lieu. Je lui apportais des livres et du chocolat, faute de mieux, pour tenter de le distraire, lui me remerciait avec un sourire lassé dont je ne savais pas ce qu'il signifiait. Un jour, il m'avoua qu'il n'arrivait plus à se concentrer sur une lecture sans avoir d'effroyables maux de tête. Je me suis contenté de lui apporter du chocolat.

7

Le mois de septembre et ses premiers brouillards étaient arrivés après un bel été. Mes économies avaient rétréci, ce qui me mettait dans un certain stress menant à une agitation inutile qui me faisait agir comme une girouette improductive. Heureusement, ma culture approchait de la fin.

J'arrosais dans le soir tombant, la chaleur de la serre générait une ambiance coloniale, gouttes de sueur qui donnaient l'impression d'être fiévreux. Les plantes étaient magnifiques, et la récole dépasserait l'estimation de production que j'avais espérée. Tout cela était au-delà de mes rêves les plus fous et je me voyais déjà compter les billets d'une grosse liasse. J'observais les buissons balancer dans une petite brise, presque étourdi par leur odeur, avec dans ma tête des chansons de rap américain, me voyant avec un collier dollar en or massif autour du cou.

La chaleur me faisait tourner de la boule, je me suis repris et j'ai estimé qu'il faudrait récolter dans quelques jours, c'était une variété plus précoce que je ne l'avais pensé. J'avais reçu un numéro de téléphone de Vince, celui d'une personne qui avait une entreprise d'import-export de CBD. Vince m'avait dit qu'il reprendrait tout sans discuter, au prix actuel de marché. De mon côté, j'avais cherché partout où je trouvais des informations, pour pouvoir estimer ce fameux prix, mais je n'étais sûr de rien.

Qu'importe, je verrais en temps voulu. J'ai organisé un transport pour rapatrier le tout, Krebou mon coloc' me demandait une demi-plante pour me filer un coup de main, pas de problème.

Le jour de couper est venu, ça faisait un peu mal. Toute cette vie, demain, n'aurait plus besoin d'une seule goutte d'eau. Je regardais les plantes, cent trente vies et je n'avais vu jusque-là que de l'argent. J'ai repensé au manifeste du parti communiste que j'avais lu il y a bien longtemps et au terme « aliénation » que j'étais allé vérifier dans le *Petit Robert* de 1989, mon seul dictionnaire. En effet, ne voir que du fric dans des vies était de l'aliénation, j'en étais clairement victime, à force de manquer, l'argent était une de mes pensées principales…

J'ai suspendu les plantes dans le grenier du bâtiment où nous vivions, vu la température, elles seraient vite sèches. En réfléchissant à la suite des opérations, j'ai appelé Luca que je n'avais pas vu depuis un lustre, en espérant qu'il vienne passer une soirée à m'aider dans la longue tache d'effeuiller la récolte. Luca était très content d'avoir des nouvelles et nous avons fixé un rendez-vous une semaine plus tard.

Nous avons entamé le travail ensemble, plus conséquent que je le pensais, Luca était heureux de participer à une activité manuelle, ça le changeait de l'université et de « passer tout son temps dans sa tronche ». Nous avons terminé tard, avinés et il a dormi à la maison, réveillé par les pleurs d'Hercules dans la nuit, n'arrivant pas à se rendormir, il a eu droit à un petit exemple de la vie de jeune parent, puis, un peu pâlot, et après avoir bu un café, il est reparti à sa vie d'étudiant. En pensant à ce que nous avions effeuillé le soir d'avant, j'ai calculé qu'il faudrait au moins vingt soirées complètes pour apprêter la récolte. Qu'importe, il fallait le faire. Dès lors, chaque temps libre que j'avais fut consacré à cette activité.

Un mois plus tard, ma récolte était prête. J'ai appelé le type qui pourrait me racheter le tout. Il a dit qu'il pouvait passer dans la journée. Arrivé chez moi, je lui ai fait un café. Mon produit était étalé sur notre table, il avait l'air emprunté. J'ai eu un petit coup de stress. Il a pris une fleur dans la main et l'a tâtée en soupirant, me disant que je n'avais pas beaucoup de chance, qu'une année plus tôt, j'aurais pu faire un petit pécule, mais cette année, après l'entrée de l'Italie, de l'Espagne et quelques pays d'Amérique du Sud sur le marché, il ne pouvait pas me donner grand-chose pour ça. Il ajouta que j'avais bien fait mon boulot, mais ça ne valait presque plus rien.

C'est là que j'ai compris, lorsqu'il me tendait quelques petits billets neufs, que je pourrais seulement rembourser mes frais. À prendre ou à laisser.

Tout mon travail de l'année avait été fait pour rien. L'acheteur est reparti en disant qu'il était désolé,

c'était sincère, je sentais qu'il ne m'avait pas arnaqué. J'ai shooté dans mon mur et ressenti une douleur dans l'orteil qui m'a rendu encore plus furax. « T'es qu'une merde, incapable, à chier, pov'type, va ! » que je me suis dit à moi-même. Là-dessus, j'ai bu quelques lampées d'une bouteille de single-malt que Luca avait apportée lors de sa dernière visite. Il fallait sortir, sortir de chez moi, m'éloigner de moi-même, j'avais l'impression d'être un échec constant à moi tout seul. J'ai appelé Tessy qui a flairé que j'avais bu, elle a saisi dans mon ton de voix qu'il fallait me laisser à moi-même.
« Je te jure que je vais revenir, je vais pas disparaître, promis, mais ça va pas, je peux pas parler, je peux rien, je suis désolé, je sors. »

Après une pensée pour Hercules, une culpabilisation de plus, une preuve supplémentaire de mon incapacité, j'ai fait le tour de mon répertoire téléphonique dans l'espoir de trouver quelqu'un pour me tenir la jambe. Luca a été le premier à me répondre, mais il était en voyage en Norvège. Je ne me souviens, plus de ce qu'il a dit, excepté « fais pas de connerie copain ». Puis plus personne de disponible, alors j'ai pris mon vélo, suis allé en ville, dans le bar qui me semblait représenter « le coin des vieux alcooliques », j'ai commencé à boire des bières Picon. Il y avait la télévision, des matches de hockey, c'était le début de la saison, je me suis laissé emporter par le jeu, me suis mis à la table des habitués. C'était glauque, mais mieux que sans compagnie.

Je ne sais plus quelle heure il était lorsque je suis monté dans le train, le soleil brillait, les Alpes étaient visibles, certaines légèrement enneigées. Je suis allé vomir dans les toilettes. Mon corps était empoisonné, mais j'étais étrangement calme. J'ai ensuite grimpé dans un bus, tentant de rester le plus digne possible malgré mes pertes d'équilibre. Le transport a traversé des plaines de campagne, s'éloignant toujours plus de l'aura citadine. En descendant du convoi, l'air était plus frais, plus vif, le soleil rasait les sapins, j'ai pris une grande bouffée d'air frais, devant le bâtiment monumental du complexe psychiatrique. Je n'ai pas hésité à passer la porte coulissante, croisant un homme en training qui avait son regard dans les étoiles. J'ai fait quelques pas en direction de la réception. Je me suis demandé si j'avais honte de moi, j'ai conclu que non.

Le brouillard des benzodiazépines devait créer une rupture. Le monde s'était amolli dans la chambre dotée d'une belle vue sur la forêt. Je pouvais lire, écrire et me promener. Puis, Tessy est venue me rendre visite, Hercules était heureux de me voir, Maguerite l'avait accompagnée. Nous avons fait une longue balade, ma compagne m'a dit que j'avais certainement fait un bon choix en venant ici, que tout allait bien, que je pourrais revenir dès que je me sentais d'attaque. Marguerite n'a pas dit grand-chose, elle souriait, sa présence faisait du bien.

Excepté les contacts avec des soignants, j'évitais de sociabiliser, mes propres problèmes me suffisaient. J'avais l'impression de recevoir trop de médicaments, mais je m'en remettais au psychiatre, j'avalais les gélules de benzodiazépine et me retrouvais abattu et étrangement satisfait, flottant dans un nuage où toute sensation semblait neutralisée. Après cinq jours, j'ai fait le choix de retourner à ma vie habituelle. Un suivi a été organisé, voir un psy une fois par semaine.

Tout a semblé plus léger, sans petites angoisses, sans lendemains de veille aux mains tremblantes. Le psy ne m'a étonnamment pas interdit de boire, non, c'était mon choix, avec recommandation de bien prendre conscience de chaque gorgée, des quantités totales. J'étais encore trop fébrile et apeuré pour prendre le risque, cela attendrait quelque temps.

Les dernières belles journées d'octobre étaient venues. Au matin, les premières brumes annonçaient l'habituel hiver morne de la plaine. Quelques feuilles d'érables sycomores voletaient avec leurs douces couleurs de terre et de lumière. Des vols de migrateurs traversaient les cieux et suggéraient que le monde était heureusement plus étendu que la ville de Biu.

Ce jour-là, le soleil rose de la fin d'après-midi caressait encore avec tiédeur. Marguerite nous avait invités pour une grillade dans son jardin, elle avait tenu à tout organiser elle-même et avait même refusé que nous apportions une salade.

Nous avons bu l'apéro, Marguerite se démenait comme un beau diable pour se mouvoir, malgré sa hanche qui ne s'était pas bien remise. Elle était rayonnante, riant régulièrement, se paya ma tête, me disant que j'aurais mieux fait de cultiver des légumes sur le terrain, qu'au moins j'aurais à manger. J'acquiesçai à contrecœur, elle n'avait pas tort.

« Ben si je peux encore utiliser le terrain l'année prochaine, je ferai ça. »

Elle rigola sans retenue en giclant du liquide qui allume le feu sur le barbecue. Hercules fit de gros yeux et s'activa comme un beau diable dans le porte-bébé, il aimait les flammes… Ensuite, il se cabra, signifiant qu'il désirait s'ébrouer dans l'herbe. Il se mit à gambader entre nous trois, saisissant çà et là des brins d'herbe pour voir quel goût ils avaient. Il était magnifique, je me jurais de lâcher dans la nature, une fois aux alentours de la vingtaine, solidement construit, sans dettes, avec de belles images dans la tête.

Marguerite ouvrit une bouteille de petite-arvine et nous servit un verre, je ne sais pas ce qu'elle avait en tête parce que trois autres bouteilles, châteaux et barriques, toutes meilleures les unes que les autres, trônaient sur la table des victuailles. Pour ma part, ce serait une gorgée par bouteille, ma peur de replonger était encore bien présente.

Le charbon était recouvert d'une fine couche de cendres, Marguerite se dirigea vers la maison et revint avec un papier plastifié qui devait contenir un bon kilo de viande dont elle tira trois T-bone. Une certaine folie s'imposa lorsqu'elle prit une bouteille de whisky et les flamba en versant une abondante quantité de fort qui fit dorer le gras dans un crépitement infernal. Le bruit semblait convenir à Hercules qui s'accrocha aux jambes de Marguerite pour se dresser sur ses pieds. Tessy me lança un regard surpris. Il est vrai qu'on avait vu Hercules faire ça une ou deux fois, mais pas de façon aussi décidée, sûre de lui, ses jambes flageolaient à peine sous son poids. Tessy s'est approchée et a fait sonner nos verres, Marguerite a pris un air faussement solennel, levant d'abord un doigt, puis finissant son verre cul sec.

« Bon, les jeunes, j'ai pris une décision, en novembre je quitte la maison, toute seule ça va plus, même avec votre aide, alors d'ici là, on va passer du bon temps et j'ai une petite surprise pour vous... J'ai fait mon temps et vous voyez bien qu'en vieillissant, rien ne s'améliore, alors voilà, tant pis, moi qui ai la chance de choisir, j'ai décidé de m'en remettre moi-même à la résidence pour personnes âgées du village. Alors, je compte sur vous pour que les deux mois qu'il me reste à passer ici soient inoubliables, enfin, qu'on profite de manger et de boire assez pour que ça ne prolonge pas ma longue agonie à venir. »

Là-dessus, elle a pris Hercules dans ses bras, ça a été une des plus belles images qu'il m'a été donné de voir. Grand-maman Marguerite, si vieille et usée par la vie, mais si certaine de son choix et si pleine d'envie de vivre ça, tel quel, sans rébellion ni désaccord, juste comme ça, paf affirmée. Et Hercules semblait totalement d'accord avec tout ça, il regardait les environs fièrement, en confiance, dans les bras de son aïeule d'adoption.

« Vous viendrez me rendre visite ? Je veux dire, tant que vous habitez dans le coin ? »
« Ben oui, on fera des promenades, mais hors de question de jouer au Scrabble. »

Elle a pouffé, puis a repris en disant qu'elle allait vendre la maison, donner une partie de l'argent à ses enfants, garder une autre pour payer les frais de sa nouvelle résidence. Et pour le terrain, si nous étions d'accord, elle allait nous le remettre pour un prix symbolique. J'ai fait les gros yeux, les possibles dans ma tête ont commencé à saturer mes pensées et je n'ai su quoi dire, gardant simplement la bouche ouverte, ce qui encore fait rire Marguerite.

« Vous n'êtes pas obligés de le garder, ce terrain, si vous voulez le vendre, je ne vous en voudrais pas. »

Les jours suivants, nous nous sommes rendu compte de la valeur de ce cadeau. Non seulement la zone était constructible, mais la superficie était bien plus conséquente que je le pensais. Les quasi deux hectares, non loin de la ville, valaient selon une estimation plus de cent mille francs. J'étais coi. Marguerite ne nous a fait payer que les frais de notaire.

Tessy m'a encouragé à collaborer tous les deux pour cultiver, elle pouvait écouler tout notre stock dans une épicerie branchée de la ville. Défricher le reste du terrain serait une bonne occupation pour l'hiver, et être père au foyer n'empêchait pas de jardiner non loin de la maison.

Au printemps suivant, Hercules gambadait en tentant d'attraper une de nos poules pondeuses, assise à l'ombre, Marguerite le regardait en souriant. Elle venait presque chaque jour au jardin. Tessy avait trouvé un mi-temps dans une petite boucherie de la ville et elle nous rejoignait là après ses journées de travail. Pendant que j'étais en train de repiquer des plantons de chou, j'ai observé la terre, elle était noire et vivante. Nous avions estimé combien d'argent pouvait produire la parcelle à l'année, nous avions aussi estimé combien nous aurions besoin pour nous nourrir et combien il manquait à notre budget. Nous n'en ferions pas plus que nécessaire, ce qui permettait de laisser des parcelles en jachère. Pendant le défrichage, j'avais découvert six vieux fruitiers qui n'avaient plus de lumière depuis des années tant la végétation était dense. Le cerisier donnerait bientôt ses fruits et les autres essences suivraient. Pour ma part, je trépignais d'impatience, car je commencerais tantôt une formation en microagriculture.

Lorsque Tessy est arrivée ce jour-là, j'ai observé son visage doux et je me suis rendu compte de combien je lui devais. Je l'ai remerciée de sa présence stable et apaisante qui me maintenait à flot, elle en a été surprise. Par instants, je me demande si, sans elle, je serais encore en vie. J'étais allé chez le psy dans la matinée, cela aussi mettait de l'ordre dans ma tête. Voir clair permet d'éviter de ne pas créer des angoisses inutiles pour des choses simples. Le cercle social et tous ceux qui y avaient moins de chance étaient devenus une ressource, je me rendais maintenant compte de toutes les limites que je n'avais pas. Par strates, ceux qui, trop endettés, ne pourraient jamais complètement ressortir du service social et pire, ces sans-papiers croisés qui ne pouvaient compter que sur eux-mêmes, sans autre perspective que de survivre, que pourraient-ils encore espérer ?

Et ceux qui étaient psychiquement trop atteints… Malgré mes déconvenues, j'étais un privilégié.

Pour moi, il y avait maintenant des jours de congé, des vrais, sans recherche de plan de survie. Lors d'un de ceux-ci, j'observais un martin-pêcheur saisissant des alevins dans une des belles rivières de ma région. Une chose n'a pas de prix, pouvoir regarder l'eau qui court, les feuilles et brindilles qu'elle charrie, sans jamais n'avoir à penser à un devoir inaccompli, une dette qu'on n'arrive pas à régler, un travail que l'on devrait trouver. Aspirer l'air frais du matin en voyant la brillance de la rosée illuminée par un rayon de soleil et pouvoir marcher dans la direction qui semble la plus belle, la plus désirable. Pouvoir enfin, lorsqu'on croise un renard, se dire qu'on lui ressemble, qu'on se sent libre, en santé. L'existence est un feu et même si le bois dont on dispose est parfois humide, on peut l'étouffer ou la nourrir.

8

Très jeune, j'avais pensé que la vie stable était emmerdante. J'avais eu tort, j'y trouvais mon compte. Évidemment, notre relation avait changé, les accolades étaient différentes, l'animalité avait laissé place à la tendresse. C'est avec étonnement ce qui m'allait le mieux, une routine nourrie de douceur. Nous vaquions à nos tâches, tout avançait lentement, avec enfin une certitude, ne pas avoir de soucis. C'est en tout cas ce que je croyais.

Tessy était devenue un peu plus sombre. Son habitude était de ne pas parler très précisément de ses ressentis. Elle disait « la vie me déprime un peu, mais j'veux pas en parler, ça sert à rien et ça me met plus mal, laisse-moi tranquille, gros ». Parfois, j'insistais un peu, je pensais qu'il fallait que ça sorte. Ça va passer, me disais-je en me rendant à ma propre thérapie actuelle, la pêche. Nous avions traversé suffisamment d'épreuves pour être solides, maintenant qu'enfin tout allait bien.

J'ai encouragé Tessy à prendre un peu de temps pour voir des amis. La maladie se calmait avec le retour des beaux jours, c'était une belle opportunité pour sortir sur des terrasses, voire se rendre à des concerts.

Je me rendais aussi au bar pour discuter. Tous ceux de ma génération qui étaient fraîchement devenus parents avaient des ennuis. Seul un couple que je connaissais avait remis le couvert et attendait un second enfant. Les autres disaient qu'ils continuaient à collaborer, à vivre côte à côte, mais sans plus d'amour. J'ai pensé que mes contemporains n'avaient pas trop de chance. Encore une fois, je me suis senti privilégié en pensant à Tessy, malgré sa phase difficile, nous tenions. Peut-être que nous pouvions être reconnaissants du fait d'avoir tous deux grandi dans un village, d'être moins corrompus par la vitesse de la ville, cette instabilité, les choix infinis dont on y dispose.

Sirotant une petite bière, je racontais volontiers combien notre jardin produisait ses premières récoltes, principalement des radis et des épinards, les poules nous donnaient des tonnes d'œufs. J'étais généralement fier de ce que nous avions construit. Enfin, l'existence me permettait d'être fier. Ces soirs, je ne rentrais plus très tard, me réjouissant du lendemain.

Tessy n'arrêtait pas de parler d'un festival qui aurait lieu à la fin du printemps, je la comprenais, elle qui aimait beaucoup les concerts, cela avait manqué. Elle avait rendez-vous avec de vieux amis, c'était comme un rituel annuel pour eux, mais voilà trois ans qu'elle n'avait pas pu s'y rendre. Les quatre jours de l'événement me rendaient un peu soucieux, je doutais d'arriver à bien m'en sortir entre le jardin et Hercules. En voyant le visage de ma compagne s'illuminer, j'ai fini par me réjouir pour elle, laissant la crainte de côté, tout irait bien et Hercules commençait à être autonome, suffisamment pour jouer avec des bâtons ou courir après des poules pendant que je serais affairé.

Quelques jours avant son départ, je la voyais préparer consciencieusement ses affaires, je me suis réjoui de la voir à son retour, rechargée, un grand sourire aux lèvres. Le jour J est arrivé et dès lors le temps a filé. Sitôt partie, sitôt revenue.

Hercules était fou de joie, en effet, il avait demandé « Papon » au moins cent fois en quatre jours. Après lui avoir donné un gros câlin et une certaine froideur étrange à mon égard, Tessy m'a proposé un café. Hercules jouait avec un arrosoir, le soleil du printemps rayonnait de mille feux, le ciel était bleu clair, l'amertume du café appréciable. Tessy a commencé par dire qu'elle ne voulait plus déprimer. Au festival, elle avait rencontré quelqu'un et même si ce n'était qu'un amour d'un soir, elle avait pris conscience du bonheur « d'avoir des papillons dans le ventre ». Elle ne voulait pas en rester à cette stabilité ennuyeuse, elle voulait faire de l'avance, se sentir libre, profiter de sa jeunesse. Les larmes aux yeux, je lui ai demandé pourquoi j'étais un frein à cela. « Tu sais, gros, je crois que je suis pas faite pour être en couple, je m'ennuie, je ne ressens plus grand-chose pour toi et tu ne cherches que la stabilité. » C'est dans le calme tranquille d'une belle fin de printemps au milieu d'un jardin fleuri que mon petit monde s'est disloqué. J'avais envie de tuer le type du festival, de tout quitter, mais on ne quitte pas l'amour qu'on a pour un enfant. On ne quitte pas non plus de projets de subsistance en commun.

Ma tête n'arrivait plus à comprendre, comment on pouvait déposer au bord d'une route la personne qui avait contribué à acheter la voiture dans laquelle on voyageait, la personne qui l'avait entretenue, parfois contre sa volonté, en prenant un crédit pas encore remboursé.

J'étais coi, sonné et le pire peut-être, c'était que malgré mon état, Tessy était rayonnante comme la première fois où je l'avais rencontrée. J'ai songé qu'avec un enfant, on ne pouvait pas envisager sereinement l'idée d'un suicide… Où irais-je habiter, comment collaborer par la suite ? Mon imaginaire m'a fait voir mes parents disant « tu vois, on t'avait dit ».

J'ai haï la période que nous vivions, celle du tout interchangeable, celle où les sacrifices pour une œuvre plus grande n'étaient plus envisageables, l'ère des individus, du plaisir immédiat.

Les jours qui suivaient, Tessy avait toujours des amis qui lui rendaient visite. Voir ces étrangers lui faire des accolades alors que l'accès à ses bras m'était devenu interdit était d'une violence insupportable. Heureusement, nous avions défini que notre chambre était un espace neutre. Personne n'y entrerait, sauf nous. Elle ne faisait plus qu'y dormir, elle mangeait dehors, buvait son café dehors. J'avais posé un matelas dans le coin opposé à la mezzanine.

Dans la rue, voir des couples était devenu violent. La vue du bonheur me dégoûtait. J'étais devenu sombre et je craignais qu'Hercules en fasse les frais. Jusque-là, je lui expliquais tout. Pas en détail, mais pour me donner l'impression qu'il comprend autant que possible. Il gardait son tempérament souriant et motivé, ce qui me rassurait, au moins un élément de l'existence qui tenait la route.

Plus grand-chose ne me faisait envie. La pêche, malgré le début de la haute saison, ne me semblait d'aucun intérêt. Au jardin, je faisais le minimum et de toute façon, Tessy ne semblait plus avoir d'intérêt pour les récoltes. J'avais trop pour moi-même, et le magasin n'arrivait pas à reprendre les surplus de la production, je n'avais pas la force de chercher d'autres endroits où l'écouler. J'ai commencé à mettre les légumes à disposition au bord de la route bordant le jardin.

Même boire un peu d'alcool me semblait ennuyeux à mourir, sortir parler m'aurait fait du bien, mais je savais trop bien qu'on essaierait de me refiler une amourette pansement, idée qui me dégoûtait profondément.

Par instants, une envie profonde de mettre des bâtons dans les roues à Tessy m'habitait, il était complexe de ne pas le faire, de ne pas devenir vengeur, de ne pas dysfonctionner. À contrecœur, j'ai accepté d'emprunter la chambre d'à côté, nos colocataires s'en allaient jusqu'à la fin de l'été.

Après m'être senti comme une boîte en carton sous la pluie pendant plusieurs semaines, j'ai choisi de répondre à un mal contemporain par une réponse contemporaine. Je me suis rendu au refuge pour animaux le plus proche et j'ai pris une vieille femelle labrador récemment abandonnée par une famille. Je m'étais rendu là, pas vraiment décidé, en compagnie d'Hercules et l'animal était directement venu nous faire la fête. Voir l'amitié partagée entre la chienne et le petit m'a redonné le sourire pour la première fois depuis longtemps. « Sunshine », c'est comme ça que s'appelait la chienne, Sun semblait lui convenir aussi.

Marguerite que j'avais un peu oubliée, ou, disons peut-être volontairement évitée, m'a mis un message. « T'as envie de faire quelques pas ? Becs, Marguerite. » Cet après-midi, j'étais sans Hercules. Pour la première fois, j'ai pu m'effondrer complètement et pleurer. Nous avons marché dans une forêt pendant une éternité. Sun se fichait un peu de mon état, elle voulait que je lui lance un morceau de bois, elle voulait quelques caresses. Après m'être vidé les yeux et la force des bras, j'ai écouté la vieille dame.

« Tu vois, y a rien d'éternel, moi je suis bientôt loin, les relations vont de même. Évidemment, les deuils font toujours mal. De notre temps, on pouvait pas se séparer, ça existait pas et à quel prix. Mon mari, comme je t'ai raconté, toujours à fuir au jardin, moi coincée dans cette maison. Évidemment, on a trouvé de la joie avec ce cadre et ces limites, mais c'est une chance que Tessy soit pas coincée comme je l'étais. Tu en fais un peu les frais, maintenant ça fait très mal, mais ça passera et ça ira vers le mieux. Bon, peut-être que vous avez un peu perdu, les hommes, pendant ces dernières années, perdu quelque chose, mais en gagner une autre. Je sais pas, je me demande… Je pense qu'en étant tous plus épanouis… Tu seras peut-être content de pas boire le café avec quelqu'un de frustré et d'aigri d'ici vingt ans. Et vous avez un enfant en forme, qui est super, ça, c'est un cadeau de la vie. »

« Ben j'aurais bien voulu me casser et plus la voir, mais justement, Hercules rend ça impossible, et entre prendre mon café avec quelqu'un d'un peu frustré et prendre mon café seul… Franchement, j'entends ce que tu dis, mais je sais pas. Je pense qu'un cadre, parce que j'en ai pas eu pendant longtemps, ça permet de trouver des libertés en connaissant les règles et nous, on est la génération qui n'a plus trop de règles. Clair qu'y a plein d'avantages, je dis pas, mais on peut aussi faire n'importe quoi. Et là, droit maintenant, j'ai l'impression d'être un consommable. »

« Ça me fait mal au cœur pour toi, y a une trentaine d'années j'aurais mis une claque à Tessy, mais maintenant, indépendamment de ce que je t'apprécie, je peux la comprendre. Elle a un souffle que nombreuses dans ma génération auraient dû trouver. Si ça lui convient pas, faut pas qu'elle se fasse souffrir. »

« Mouais, quelque part je comprends et quelque part je me dis que c'est baisser les bras trop vite. On pourrait se filer de l'air, on pourrait… »

« Tu crois peut-être qu'elle y a pas pensé ? Qu'elle a pas essayé ? Tu penses pas qu'avec tes côtés excessifs, elle a pas cherché, elle s'essouffle, elle essaie de pas étouffer, c'est peut-être légitime ce qu'elle fait, autant que toi quand t'as décidé de partir de chez tes parents… Pis y a des êtres comme ça, y disent peu, y pensent beaucoup, un jour y arrivent à une étape et tu peux rien faire d'autre que regarder pour toi, regarder que toi tu continues à aller ton chemin. »

Là-dessus, j'ai sifflé, Sun qui furetait dans des buissons est venue instantanément, elle s'attendait à ce que je lui refile une mission intéressante, mais je n'avais pas de grande idée. Je me suis baissé pour ramasser un bâton et ça lui a suffi, elle battait de la queue, excitée parce qu'un peu d'attention occasionnelle lui convenait. Marguerite est repartie vers sa résidence, l'heure du souper approchait. En avançant à force de lancers de bâton, je me suis dit que je souhaitais une belle vie à Hercules, une belle vie pour Sun, Tessy avait l'air de se débrouiller. Et pour moi, qu'est-ce qui serait une belle vie ? J'ai relancé le bâton au loin.

Perdre une femme n'est pas une défaite ; on perd une femme et voilà tout. Ça arrive à tout le monde… J'ai perdu ma femme lorsque j'étais encore jeune, mais à cette époque-là, j'étais aussi encore très bête. Elle était moins bête que moi et c'est pour ça qu'elle est partie.

Jim Harrisson

Déjà parus chez Torticolis et Frères

Borcard, Jean-Michel, *L'Asile du baron*, 2018
Borcard, Jean-Michel, *Dans le silence des génuflexions*, 2023
Borcard, Jean-Michel, *Les Soupirs du soir*, 2020
Bottinelli, Colin, *Les jours sont longs*, 2014
Burkhalter, Didier, *Armand et Nouvelle-Terre*, 2023
Carron, Anaïs, *La Griffe*, 2017
Correa, Alexandre, *Après l'Europe*, 2021
Correa, Alexandre, *Après l'obscurité*, 2019
Correa, Alexandre, *Crâl*, 2023
Correa, Alexandre, *Nuisibles*, 2012
Correa, Alexandre, *La Nuit d'avant*, 2017
Correa, Alexandre, *Des villes*, 2013
Coutaz, Laure, *Femme fleurs*, 2021
Coutaz, Laure, *Quand il faudra partir*, 2018
Darbellay, Claude, *On n'attrape pas du fromage blanc avec un hameçon*, 2023
Derron, Nicolas, *Les Amitiés sauvages*, 2021
Derron, Nicolas, *Je ne pensais pas*, 2023
Didot, Thierry, *La Partie vide du verre à moitié plein*, 2022
Donzé, Tristan, *Quand ça sent le sapin*, 2012
Donzé, Tristan, *Des sarments*, 2013
Dubosson, Anne-Sophie, *Cà Phê Trứng*, 2021
Dubosson, Anne-Sophie, *De rage et d'eau*, 2017
Dujany, Patrick, *Les Enfers*, 2020
Ernst, Caroline, **ElleS**, 2013
Favre, Yolande, *Lumière des solitudes*, 2022
Favre, Yolande, *Les Vagabondages solaires*, 2023
Gauchat, Sandy, *Twins L'Élu*, 2015
Gauchat, Sandy, *Twins Les Six*, 2015
Gauchat, Sandy, *Twins Le Pacte*, 2015
Giglioli, Davide, *La Fille qui posait des lapins*, 2014
Giglioli, Davide, *La Mer Léman*, 2017

Grace, Howard, *Nuggets*, 2014
Gsell, José, *Chroniques d'un aller simple en Calvitie*, 2022
Gsell, José, *Lettres de roulotte*, 2017
Gsell, José, *De poussière d'alcool de sueur*, 2015
Gsell, José, *Vie de carton*, 2023
Gsell, José, *Voyage cuit*, 2019
Haas, Alfred, *Une âme baladeuse*, 2013
Hermand, Mallika & Donzé, Tristan, *Élue* (+ CD), 2015
Jeannet, Pierre-Alain, *Cendres*, 2022
Jeannet, Pierre-Alain, *Les Pleurs du mâle*, 2015
Joly, Antoine, *Porno Switzerland* (+ CD), 2013
Kranz, Nicole, *BullShit*, 2016
Matthew, Sophie, *Ballet mental*, 2023
Matthey, Cédric, *Ciel azur, tirez les rideaux!*, 2014
Matthey, Cédric & Paulus, Anaïs, *Grand Bazar*, 2017
Miralles, Dunia, *Alicante* (+ CD), 2018
Miralles, Dunia, *Le Baiser d'Anubia*, 2023
Miralles, Dunia, *Fille facile*, 2012
Molineaux, Linn, *Regarde le bruit des montagnes*, 2018
Morales, Miguel Angel, *Les Choses gonflables*, 2020
Moreira Dos Santos, Domingos, *Mon itinéraire de vie*, 2012
Moulin, Noémie, *Vaillantes*, 2021
Muths, Denise, *Marielsa*, 2017
Petitat Robet, Caroline, *Au détour du chemin*, 2022
Pirszel, Agnieska & Donzé, Tristan, *Lullaby et le frigo qui chante*, 2014
Pitteloud, Christine, *La Belle Saison*, 2013
PM, *Redémarrer la Suisse*, 2012
Reymond, Corinne, *Fleurs imaginaires*, 2020
Richard, Bernadette, *L'Horizon et après*, 2020
Robert, Jean-Pierre, *J'ai la solution*, 2021
Rubin, Antoine, *Mémoire d'une forêt*, 2020
Rubin, Antoine, *Wanderlust*, 2015
Schenker, Tristan, *Thaumas ou les foules*, 2023
Schiavi, Lilian, *Tuer*, 2012

Schiavi, Lilian, *Les Fables*, 2015
Schiavi, Lilian, *Sensible (d'outre-tombe)*, 2015
Schreyer, Patrice & Correa, Alexandre, *Des ombres*, 2015
Sifaw, *Landscape solitudo*, 2018
Stegmüller, Thierry, *De la fuite dans les idées*, 2013
Stumpf, Alexia, *Ici & là*, 2023
Stutz, Manon, *Les Étoiles bohèmes*, 2021
Yoakim Pasquier, Karine, *Oublier Gabriel*, 2022
Zambetti, Nicolas, *Lâcher prise au Fitz Roy*, 2022
Zambetti, Nicolas, *La Montagne que personne ne voit*, 2017

Imprimé en 2023 en Europe